唐《から》国《くに》の検屍乙女

水都の紅き花嫁

小島 環

講談社
タイガ

キャラクター紹介
character

高《こう》九《く》曜《よう》

線が細く、艶やかな黒髪と白い肌の美少年。頭脳明晰すぎるがゆえに他人を馬鹿にしていて、容赦なく周囲の人を罵《ののし》るため腫れもの扱いされている。

許《きょ》紅《こう》花《か》

名医を父に持ち、自身も戦場で医者として活躍していた。怪我がきっかけで引きこもるようになるが、元来は負けず嫌いな性格。武術にも長《た》けている。

劉《りゅう》天《てん》佑《ゆう》

医官であるかたわら科挙にも合格した優秀な官吏。背が高く、凛々《りり》しい端整な顔立ち。紅花の父を尊敬していて、何かと紅花にも言い寄ってくるが……。

目次
contents

イラスト──oo6
デザイン──杉田優美（G×complex）

唐国《からくに》の検屍乙女

水都の紅き花嫁

序章

危急存亡の秋《とき》

泣くもんか。

紅花《こうか》は閉ざされた扉を前にして、唇を噛《か》み締めた。

母は扉の向こうで、紅花が準備を終えるのを待っている。

準備ならすでに終えている。冠を被り、紅のうちかけを纏《まと》い、化粧は整えた。

「結婚なんて、どうしてですか、天佑様《てんゆう》」

口の中で呟《つぶや》いた。外から聞こえる楽《がく》の朗らかな音色が、紅花の心の影を一層深めた。

人生の岐路を、人に決められてしまうのが悔しい。私は、普通の女の子になんてなれない。誰かの所有物にもなりたくない。

危険が好きで、冒険が好き。昔からそうだった——。

＊

十五歳の許《きょ》紅花は石くれまじりの平らな地を蹴《け》る。敵味方に危機を知らせる声が、背丈《せたけ》をほぼ同じくする山々にこだまする。

あのかたは、みんなは、無事だろうか。

北宋《ほくそう》、康定《こうてい》元年九月二十八日（西暦一〇四〇年十一月十九日）の早朝、医者として赴いた戦場は、露で一面ぐっしょり濡《ぬ》れていた。紅花は丘を駆け上がる。敵兵が鬨《とき》の声《こえ》をあげる。怒号と馬の嘶《いなな》きが激しく入り乱れている。

風は乾燥しており、木々は赤茶けた色に染まっていた。

秋はこの地方にとって、血なまぐささの代名詞でもある。農民が田畑の作物を収穫するように、厳しい冬に備えるため、夷狄《いてき》は馬でもって略奪に精を出す。太古より定められた襲来に備え、歴代の皇帝たちはこの地方に軍を派遣していた。

今回紅花が従軍する軍は前陣を支えきれず、撤退を余儀なくされている。けれど、見逃してくれるような優しい敵ではない。

脳裏に浮かぶ人々の顔を思いながら、紅花は弓を手にした。矢筒は肩にかけている。残りは二本だ。一本を抜き取り、素早くつがえる。

手ごろな岩の上に飛び乗り、矢を放った。敵兵の一人の眉間を貫く。倒れる相手のその後は見ない。

「紅花！　まだ戦場に立っていいとは言っておらんぞ！」

大男がこちらを振り返った。

「私は師の窮地を見捨てるような弟子ではございません！」

「お前には早い！」

紅花の抗弁を、郭志《かくし》将軍は一蹴した。けれど、紅花は戦場から放り出されなかった。

次の敵が押し寄せてきたからだ。

将軍を狙う敵兵を射殺して、紅花は舌打ちをした。腰に下げている剣へすばやく握りかえる。一息の間をおいて、岩場から飛び降りた。

「加勢いたします！」

「何をしておる、小娘！　そなたは死地より脱せよ！」

紅花の前に立ちはだかり、味方の兵が怒鳴った。紅花より三歳ほど年上の青年、雲嵐《うんらん》だ。黒髪を頭の後ろで纏《まと》めている。形の良い額に、意志の強い眉《まゆ》、鋭い瞳《ひとみ》だ。背は並だが、筋肉がほどよくついた体格で、生まれながらの戦士のような人だ。

紅花は片頰《かたほお》を吊《つ》りあげただけで無視した。

押しのけようとする雲嵐の手を躱《かわ》して、剣を握りなおす。

紅花よりも大きい敵兵が斬りつけてきた。最初の一撃を受け流す。重みに手が痺《しび》れる。

模擬戦でも大きな相手からの剣を何度も受けたが、実戦は初めてだ。

「――――！」

聞き取れない他国の言葉と共に、敵兵がもう一度、斬りこんでくる。

紅花は目を見開いて前に出た。斬撃を躱す。風圧を頰に感じた。がら空きになった胴に、剣の切っ先を突き出す。急所をえぐったと思ったのは一瞬だった。鎖帷子《くさりかたびら》に一撃は防がれる。

間合いをとりなおすため後ろに飛ぼうとするより先に、敵兵から三度の斬撃を受けた。

紅花を狙う攻撃をはねのけたのは、雲嵐の剣だ。刃は殴りつけるような勢いで、相手の首筋を強打した。激しい流血と共にその体は後ろ向きに倒れる。

「愚か者！　ひっこんでおれ！」

「そのようなことを言わないでください！」

兄弟子に庇《かば》われてしまった。屈辱が、無傷という安堵《あんど》よりも先に出る。

「後ろだ！」

雲嵐の声に、剣を構えなおした。大地を踏みしめ敵兵に向かう。

相手の一撃を受けるたび、相手へ一撃を繰り出すたび、精神が研ぎ澄まされていく。何をすればいいのか。どこを狙えばいいのか。思わず、笑みが浮かぶ。

これはまさしく愉悦だ。これ以上の場はない。私は、これを求めていた。

「そこっ！」

大上段に繰り出された刃を剣で防いだ。そのまま相手の刀身に沿って剣を滑《すべ》らせる。火花に彩られた高音を最後に、相手の絶叫が被さった。剣の先は、敵の喉元《のどもと》を深くえぐっていた。

生温かいものが紅花の頰にまで散った。長身の体が力を失い、目の前で後ろに崩れ落ちた。剣が抜けた感触が手に伝わってきた。重みに、一緒に地面に倒れそうになる。

「は……あ、……っ」

人を殺す覚悟はできているはずだった。これまでにも弓でなら、敵を倒してきた。だが、まさに、この一瞬、頭の中は真っ白に塗りつぶされていた。

「ぼさっとするな！」

叱責《しっせき》されて、我に返る。

「これだから女は役に立たぬのだ、大人しく男に守られておればよいものを！」

「私、私は戦えます！」

紅花は剣を構えた。雲嵐は目を細めて首を横に振る。

「そのような手で剣は握れぬ。戻って父君を手伝っていろ。あちらも地獄のように忙しいはずだ」

紅花の頬に血が上がった。剣の柄《つか》を握る手が微《かす》かに震えていると、雲嵐はなぜ気がついたのだ。

「私は戦うためにここに来たのです！」

「郭志将軍が敵兵を食い止めている間に、ここから離れよ」

兄弟子はいつもこうだ。雲嵐は郭志将軍の弟子の中でも特に筋が良く腕がいい。だが、紅花にはあたりが強く、冷静な顔のままひどい言葉を投げつけてくる。

「それとも俺が供をせねば、ここを脱出もできぬか」

「大兄！」

「将軍も言われたはずだ。まだ早いと」

雲嵐は紅花の背を荒々しく突き飛ばした。

紅花はつんのめり、地面に倒れそうになった。

「戻れ。戦場に立つには、まだ弱い。……そなたを死なせたくはない」

＊

刹那《せつな》、甲高い音がいくつも聞こえた。

火薬が弾《はじ》けた音だ。部屋の中にまでつんと硝煙の臭いが鼻をつく。外から叫びや泣き声が聞こえてくる。

扉の向こう側では母の声がする。だが、扉が開かないのはきっと腰が抜けてしまっているからだろう。

この街に住むほとんどの人は戦場のことを知らない。だから皆は混乱している。けれど紅花にとってこれは、まさに願ってもない好機だ。

紅花は裳裾《もすそ》を手で摑《つか》み、窓を開けて外へ飛び出した。

煙が目に染みて、涙が滲《にじ》む。

「こっちだ！」

背後から誰かが紅花の肩を摑んだ。

反射的に姿勢を変え、一挙動でその相手と向きなおった。

「僕だ！」

癖《くせ》のある艶《あで》やかな黒髪を後ろで一つに結び、瞳を星のように輝かせながら、彼は紅花に手を差し伸べた。

第一章

浮かぶ寒牡丹《かんぼたん》

1

ばんっと強い音がした。十七歳の許紅花は我に返った。今は自家の居室で、祖父に頭を垂れているところだ。

「聞いておるのかっ?」

再び、祖父が机を叩《たた》いた。普段は家族でおいしく食事をとる場所に、今はまるで取調室のような緊張が漂う。

「私は戦争に行くのは反対だった。長女が医者として立派にやっているのに、次女を戦場に行かせて、ましてや怪我《けが》をさせるなんて! 次女はこの家を大きくするために役立たねばならない道具なのに、傷ものだ!」

紅花はなおも頭を下げながら、密《ひそ》かに片眉をあげた。

祖父は小身で足が悪く、外へはめったに出ず、いつも杖《つえ》をかかさない。けれど、体が不自由でも、書簡のこまめなやりとりで時勢も読むほどに頭は壮健だ。椅子《いす》に座っていてもなお威圧感がある。

裕福な祖父は郷曲《いなか》に隠居していたが、紅花の父であり医師の許希《きょき》が帰ってきたと聞いて、都に出てきた。太医院《たいいいん》が繁盛していることにも不満を言っていた。貧者を多く診るより、富者を少なく見よと言った。許家にさえ利益があればよいと思っているのだろう。

父や紅花とは考えがまったくちがう。

「義父様《とうさま》、紅花は傷ものなどではありません。優秀な医者です」

祖父の剣幕を受けとめながら、紅花を庇ってくれる。

紅花にとって、父は間違いなく尊敬できる人だ。それにひきかえ、突然あらわれた祖父には憤りしか感じない。

祖父の前に座るのは紅花だけではない。父の許希、母の林笙鈴《りんしょうりん》、姉の許鞠花《きょきくか》が祖父に頭を垂れている。

「女として傷ものだという意味だ！」

「義父様と言えど、そのような暴言にはうなずけません！」

「うるさい、黙らんか！　この都で大さわぎをおこしたことも聞いておる、危うく処刑されるところだったなど、おまえたちは紅花の将来を摘むつもりか！　嫁《とつ》ぎ先がなくなってしまったらどうする！　これからは私が全部引き受ける。紅花、おまえはとうぶん家から出るな！　口答えは許さん！」

祖父の怒鳴り声が小さな居室に響き渡る。紅花はあげかけた頭を再び下げた。

戦場でも雲嵐はじめ男たちから厳しい罵倒《ばとう》を受けた。祖父の怒声が呼び水となり、戦場での記憶が蘇《よみがえ》った。

そういえば、はじめて剣で人を殺した二年前、あの騒乱のなかで、雲嵐がどんな顔をしていたか、うまく思い出せない。

あの刹那、なにか大事な話をされた気がする。だけど、今はおじい様だ。

人の怒りは長くは続かないものだから、機嫌もいずれ治まるだろう。

しかし、困った。せっかく右手の震えもとまり、外出できるようになったのに、しばらく家から出られない。こんなことでは人の役に立てない、それに九曜《くよう》にも会えない。

九曜――あのとびきり刺激的な人のそばにいられないなんて。

「紅花をつれていけ！」

「行くわよ、紅花」

紅花はゆっくりと顔をあげて、背後を見た。小身な母は緊張した面持ちだ。母と居室を出る。母はいつも元気いっぱいで、手に職もあって、才能もある。それなのに、祖父の前ではこんなふうになってしまうなんて。

「母上はおじい様のやりかたをどうお思いですか？」

「『子の頃は親に従い、結婚したら夫に従い、老人になったら子に従う』これが、婦人が従うべき三つの道といわれている。お父様はあなたに甘いけれど、危険なまねをさせてしまったのはたしか。これからは、道を正してゆかなければならないでしょうね」

「私の今いる道が、正しくないと言われるのですか！」

「おじい様は、そう思っておられるのよ」

「私は、結婚なんかしたくありません。閉じこめられるのも嫌です。手の震えもとまり、ようやく人のお役に立てるようになったばかりです。母上の本当のお気持ちを聞かせて！」

「おじい様は、私の意見など、お聞きにならないから」

溜息《ためいき》をつかれた。

女だから、意見はいらないのか。

紅花はわざと足音をたてて正房から外に出た。

慶暦《けいれき》二年九月二十七日（西暦一〇四二年十一月十八日）、まもなく冬の入りを迎えようとしていた。太陽は中天を過ぎており、空は突き抜けるように青く、雲はひとつもない。降り注ぐ光は暖かいが、風は肌寒かった。

別棟にある紅花の自室に着くと、母が「よしっ」と声を出した。心情を切り替えたのか、紅花に笑みをむける。

「ひとまず、房室で薬を作っていなさい。材料と道具を持ってきます」

「わかりました、母上」

「くれぐれも外には出ないようにね。おじい様に見つかったら、なんと言われるか……」

声が小さくなった。母がそっと扉を閉める。

紅花は扉に手をあてて、母の心持ちを想《おも》った。

そんなに自分の父親が怖いのか。紅花は父である許希を敬愛している。これ以上ない父だし、父の子に生まれてよかった。母も優しくて、しっかり者で、大好きだ。

けれど……。

紅花は自室の窓をみやった。眩《まばゆ》い光が射《さ》しこんでいる。

おじい様に言われたからと、私の行動を制限しようとしてくるのは嫌だな。

どうにかできないかな？　と板張りの床に敷いた小ぶりの絨毯《じゅうたん》に座って待っていると、まもなく母が薬研《やげん》と薬草を届けてくれた。手際よく部屋に広げ、「いい子にね」と去っていった。その背中には、疲れが見えた。

2

翌日の昼過ぎ、紅花が薬作りを続けていると、別棟の扉が叩かれた。

「はい？」

誰だろう。追加の薬草を、母が持ってきたのだろうか。立ちあがって扉を開けると、思いがけない人が立っていた。

「明明《めいめい》？　どうして」

形のよい額と、つぶらな瞳が、仔犬《こいぬ》のようで愛らしい人だ。紅花と同じ年に生まれたので、嬰児《みどりご》の頃から共に過ごす機会が多かった。黒髪を二つに結いあげ、退紅《たいこう》の布衣《ぬのぎぬ》を着ている。

懐《なつ》かしい顔に、思わず笑みが浮かんだ。

「診療所に受診に来て、紅花のことを聞いたのよ。あなたいつも忙しいから、ようやく会えたわ」

「元気にしてた？」

「もちろん。あなたが戦場にいるあいだに、あの男と結婚したのよ！　あなたと、やんちゃばっかりしていた、あの男と！」

「えっ、もしかして、小虎《しょうこ》っ？」

思い浮かんだのは紅花たちと同年代の男の姿だ。彼は、沼の主を釣ると言って見事に大鯰《なまず》を釣ってみせた。明明を守るために野犬と格闘して、勝ったものの嚙まれて倒れた。紅花に学問ばかりしてるなと言って、遊びに連れだそうとしてくれたのは、迷惑だったが嬉《うれ》しくもあった。

「そうそう、小虎」

「そっか。じゃあ、もう私がいなくても大丈夫なんだね」

「あら？　私を置いて、戦場に行ったのは誰？」

「……私、だけど」

明明は小虎と生涯添い遂げると決めたのか。大事な朋友《ほうゆう》が遠くに離れていく気がしてさみしい。だが、結婚を語る明明の顔が上気してとても愛らしい。こんな顔は、はじめて見た。今は幸せなのだ。

「おめでとう」

祝福の言葉を口にする。だけど、口内に、なんだか苦い感情が広がった。

「あら？　浮かない顔ね。私のことを心配してる？」

紅花は、ゆっくりうなずいた。

結婚なんかしたら、明明は今後自分の好きに振る舞えなくなるのではないか。

病院に来る女性の傷痍人《しょういじん》が家の愚痴《ぐち》を話すのをよく聞く。婚家で肩身の狭い思いをしている、と。病気になっても、病人を出したなんて世間に知られたら家の恥だと、家の主人に通院をしぶられるとか。夫やその両親に仕えて、まるで飼い犬、妻という名の奴婢《ぬひ》のような扱いだとか。味方は誰もいないとか。子供を産めないと、産めたとしても男の子でないと、ずっと義父母や夫から圧力をかけられ、時には酷い折檻《せっかん》にあうなど。

結婚は女を家に縛りつける。自由を奪う。

明明も、ままならないことが増えるのではないか。

祖父に結婚の話をされて感情的に拒絶したが、あらためて思うと、結婚にいい印象を抱いていない。

もやもやした気持ちが胃のあたりに渦巻いている。

明明が甘い顔をして、苦笑いを浮かべた。

「馬鹿《ばか》ね。大丈夫よ。私のことよりも、自分の心配をして」

「私の心配って？」

「あなた、おじい様に怒られたそうね」

「うん」

あっさり認めたら、明明が難しい顔をした。

「頑固でいたら苦しいだけよ。おじい様だって、あなたの幸せのために言っていらっしゃるんだと思うわ」

「私の幸せ？」

「そうよ」

「私の幸せは、……ここには、ないけど」

「なによ。そんなことわからないわ。幸せって、自分のすぐそばにあったと気づくものよ」

きっぱり明言されて、面食らった。

明明は世間体など意識しなくとも、自然とそつなくやっていくことができるんだ。

私は嫌だ。こんな生活。二日ですっかり飽きてしまった。なにもせずにいるなどたえがたい。医院の手伝いに、検屍《けんし》と、本来やる仕事は山のようにある。

早くおじい様の機嫌が直るといい。

「それじゃあ、私は帰るから。会えてよかった。またね！」

明明が微笑《ほほえ》んだ。赤く小さい唇《くちびる》が、微笑んだときだけきゅっと口角をあげるのが可愛《かわい》い。この微笑みが曇らないといいと願う。

紅花は明明を見送るために房室を出た。

医院の敷地《しきち》には傷痍人が並んでいる。

ああ、私も助けたい。それなのに、見ているだけしかできないなんて。

紅花は後ろ髪を引かれる思いで、明明と医院の門までむかった。

「お見送りありがとう。ここまででいいわ」

「うん。でも……」

別れがたかった。このまま房室に戻るのが、どうしても嫌だった。このままでは役立たず。口実を作って、明明の家までついていこうか。彼女やご家族を助けられることがあるなら申し出たい。

右手が震えていたときは、房室に閉じこもっていたかった。外になんて出る気にはなれなかった。閉じた窓の隙間から射しこむかすかな光さえうとましかった。

自分の境遇を嘆いていた頃なら、家同士の結婚も、自分はそれしかできることはないと従っていたかもしれない。それがみんなのためだと思って。

けれど、今の紅花には、檻《おり》のように感じる。

女としての役割を押しつけられ、家に閉じこめられて生きるのは、私には苦しい。

外に出たい。みんなが私の人生を考えて心配してくれているのは嬉しい。でも、心配なんて必要ない。

外の冷風を吸いたい。閉塞《へいそく》した空間から抜けだしたい。今の私のままで人のためになにかしていたい。なによりも、そこから得られる危険や、ひやりとする刺激を求めている。

踏みだしてしまおうか。このまま門を出てしまおうか。

片足をあげた。すると、母の顔や、父の顔が脳裏に浮かんだ。祖父の剣幕が耳に蘇る。

行動してしまったら、なにか大切なものが、ひどくかわったりするのだろうか。

「紅花、なにしてるの？」

鞠花の声だ。紅花はびくりと肩を震わせた。振り返って鞠花に「見送り」と微笑んだ。

「よかったら、往診に行ってくれない？」

鞠花の言葉に、ほっと胸を撫《な》でおろす。

「もちろん喜んで！　でも、いいの？」

「劉天佑《りゅうてんゆう》様のところなら、おじい様も行かせていいって」

「えっ、天佑様がご病気?」

身が引きしまる思いがした。鞠花がうなずく。

「季節の変わり目で風邪をひかれたようなの。二日前から、熱を出されているとか。ご公務もお休みになられているそうで」

「すぐ行く!」

「大事な手紙が入っているから、封を開けずに、天佑様に直接お渡ししてね」

鞠花は、どこか落ちつかないような顔をして、紅花に籠《かご》を手渡した。

紅花は「まかせて」と医院を出て、舟に飛び乗った。

3

紅花は舟の行く先に視線をむけた。

人口約百万の首都である開封《かいほう》には渠水《きょすい》(運河)が無数にある。網目のように走る渠水を、舟は北にむかって進んでいる。渠水には舟がいくつも浮かんでおり、人や荷物を大量に運んでいた。

紅花の視線に気づいて、野菜を積んだ舟の老婆が笑顔で手を振った。紅花も手を振り返す。渠水の両側には隘路《あいろ》があり、人々が大勢行き交っている。

行き交うのは人だけではない。驢馬《ろば》がひく荷車や、馬車、駟《し》、駱駝《らくだ》の姿も見られる。

やっぱり、外はよい。

賑《にぎ》やかで雑多で、華やかな首都だ。

「馬行街《ばこうがい》だよ、医聖の娘さん。もうすぐ着くよ」

強面《こわもて》の船頭が櫂《かい》を動かした。舟は細い渠水へと曲がった。馬行街は『医者街』だ。脳裏に浮かんだ男の顔に、紅花は舟の縁に手をかけた。

早く行かなくちゃ。助けを待っておられるのだから。

まもなく舟が太鼓橋の近くで停《と》まった。船頭に礼を告げて運賃を払うと、手提げの籠を持って通りに出た。露天商に声をかけて、目的の家の住所をたしかめる。

その家は、馬行街の東の外れにあった。手入れの行き届いた塀は、紅花の背よりも少し高い。

早足で門にむかう。門はわずかに開かれていた。門番がいる気配はない。ちょっと迷ったが、入ってしまうことにした。

愛らしい庭があった。木々は手入れされており、丸い池がある。石畳を行くと、前方と左右に小ぶりの室家が建てられていた。どこも掃き清められており、ていねいに手入れされていた。清澄さと、上品さと、慎《つつ》ましさがある家だ。

私、ここが、好きだ。

紅花は家主のことを思い返した。華美な人だと思っていたけれど、こんな堅実な一面があるとは思わなかった。科挙の試験に合格した官僚だが、かつては医者をしていた人だ。根底はかわっていないとみえる。だから、官僚街ではなく医者街である馬行街に今も住んでいるのだろう。

「ごめんください。許紅花と申します」

正面の正房に近づいて声をかける。

沈痛な面持ちの青年が足音をたてずにあらわれた。青年は二十歳くらいだ。鋭い目をしており、紅花よりも年齢も身長も少し上だろう。長い黒髪を後ろで三つ編みにして垂らしている。服は無地の長衣《ながぎぬ》に、紺色の沓《くつ》を履いていた。

誰だろう。お身内のかた？　それとも使用人？

「許先生の娘さんですね。おひとりですか？」

青年が目尻《めじり》をゆるめて微笑んだ。医者としての紅花を今か今かと待っていたのだろう。

「あ、はい。往診にまいりました！」

「どこまでご存じですか？」

紅花は表情を引きしめた。

「医院に届いた報せ《しら》なら、すべてです」

紅花は手提げの籠に反対の手で触れた。籠のなかには薬が入っている。

「お入りください。旦那《だんな》様の房室にお通しいたします」

青年は、正房の扉を大きく開いた。

旦那様と呼ぶということは、青年は使用人だ。察して中に入った。

青年が房室の卓にある盆を手にとった。盆には椀《わん》と匙《さじ》と茶杯が置かれていた。

「ちょうど寝室に運ぶところでした。こちらです」

紅花は青年について通路を行き、正房の中心部にある房室に通された。

窓から、光が房室を照らしていた。白い壁が美しい。花が描かれた掛け軸がある。書棚が並び、円卓と椅子がある。円卓の上には、盥《たらい》が置いてある。

男は額に濡れた白い布を載せ、天蓋《てんがい》つきの寝台に横たわっていた。いつもは乱れひとつない完璧《かんぺき》な御仁なのに、今は頬を上気させ、茶色がかった髪をおろして、肩のところで束《たば》ねている。

「天佑様、こんにちは……」

紅花の声に、寝台の男――劉天佑が肩を震わせた。寝衣を着た天佑は、額の布を取りながら身を起こして、紅花を見つめた。

天佑の潤《うる》んだ瞳に紅花はきゅっと唇を結んだ。

ずいぶんと弱っている。

「来てくださったのですね、紅花小姐《シャオジエ》」

天佑が微笑んだ。いつもの自信に満ちた朗《ほが》らかな笑いかたではない。紅花を見て安堵したような幼《おさな》い顔だ。

天佑は上半身を起こしながら、奴婢の青年に「さがれ、小杏《しょうあん》」と命じた。小杏は房室を出ようとする。

「食事をとらないのですか?」

思わず天佑に問いかけた。

「食欲がなくて。それに、あなたが来てくれましたからね。食事をとっている場合ではないですよ。なんだかすみません、こんなみっともない格好を見せて。情けないですね」

「いけませんよ、天佑様」

紅花は小杏を呼びとめて粥《かゆ》の載った盆を奪った。小杏に椅子を持ってきてもらい、天佑の寝台の隣に座る。手提げの籠から薬を取りだして、小杏に煮出してくるよう頼んだ。それから盆を寝台に置き、椀をとると、匙で掬《すく》った粥に息を吹きかけた。

「少しでも胃に入れなければなりません。薬だけでは体がもちません」

紅花はきっぱりと言いきって、天佑の口元に匙をむけた。

「あなたにこんなことまでさせるなんて」

潤んだ瞳の天佑は、困っている。そんな顔をする必要なんてない。

「食べてください」

少し強く迫ると、天佑がちょっと照れた顔をして口を開いた。

雛鳥《ひなどり》のようで愛らしく感じ、口元がゆるんだが、天佑に気づかれないようにしなければと、厳しい表情を作った。

粥は少量だった。匙でゆっくり八度、掬ったら、なくなった。

小杏が煮出した薬を持ってきた。

「どうぞ」

「わかっているよ」

天佑が杯を手にして薬を飲んだ。

「さぁ、これでいいです。寝てください」

「わかりました、医聖の娘さん。……いえ、紅花先生」

ふわりと天佑が微笑んだ。

表情だけでなく、紅花の指示を受け入れた天佑のありかたが、紅花を喜ばせた。

天佑は太医署《たいいしょ》で医学を学んだ医者だ。尊敬している。小姐から先生という呼びかたにかわったのも、同じ医術の道を行く先達に認められた気がして、紅花はとても嬉しかった。

天佑が寝台に横たわる。気だるげだ。助けになりたい。紅花は、枕元《まくらもと》に置かれた布に触れた。先ほど天佑の額を冷やしていた布だが、温《ぬる》くなっていた。

紅花は円卓にある盥の水に布を浸して、

「失礼しますね」

と天佑の額に載せた。そのとき、紅花の指が天佑の肌に触れた。

「あなたの指が冷えていて気分がいい」

「え？」

「あなたに触れられるのが好ましくて。もう少し触れていてはくれませんか」

天佑の唇がささやかな笑みを作った。その目は潤んでいる。

「そうですね。好ましいのなら」

年下の小娘に縋《すが》りたくなるほど熱が辛《つら》いのだろう。病《やまい》は、人を心細くさせる。戦場を自在に駆け回るような荒くれ者たちでも、いったん床に臥《ふ》せてしまうと皆不安げな目をむけてきたものだ。

今の天佑様は、私の患者なのだから。

紅花は納得して、天佑の頰に手をあてた。熱い。天佑の体が悲鳴をあげている。

可哀想《かわいそう》に。早く治りますように。このかたの苦痛が、なくなりますように。

この世のあらゆるなにかに祈った刹那、房室の扉が勢いよく開け放たれた。

「紅花！　謎《なぞ》が解けたぞ、聞け！」

白い肌、大きな瞳の眼光は鋭く、鼻筋は通っている。紅色の唇の端を持ちあげて、弾んだ声だ。癖《くせ》のある艶《あで》やかな黒髪を後ろでひとつに結び、繊細な刺繡《ししゅう》のほどこされた絹の衣を着ている。整った容姿と豪奢《ごうしゃ》な装いは、良家のお嬢様と思われても不思議ではない。だが、見た目に反して、その青年は、衣服に大量の血をつけ、右手には銛《もり》を、左手には髑髏《どくろ》を抱《かか》えていた。

背後から、小杏が泣きそうな顔をして追いかけてきた。

「高《こう》九曜か？　どうして君が我が家にいるんだ！」

天佑が跳ね起きる。九曜が鼻を鳴らした。

「容易な推理だ。紅花の家に行ったところ往診に出たと言われた。頑《かたく》なな医者たちは、誰の家に行ったか言わなかった。病を得たなんて噂《うわさ》が広まったら、その患者が困るからな。だが、ぼくには誰だかわかった。まだ都に明るくない紅花でも行ける場所など、馬行街に決まっている。それも、娘ひとりで行かせることのできる、紅花の親も信用する身分ある大人の家だ。そう、おまえだ、劉天佑！」

「私は君を招待なんてしていないぞ、帰りなさい」

「そうだな、こんなやわなやつなど捨てて、行くぞ、紅花！」

「ひとりで帰りなさい！」

天佑の言葉を九曜は無視して紅花に近づいてくる。

血の匂《にお》いがする。まだ新しい血だ。いったいなにが起きたのだろう。とんでもない格好で、鋲を持っているなんて。

紅花は自分の右手首の内側に手をあてた。脈拍は正常の範囲だ。それなのに、どきどきしている。九曜の輝く瞳、自信に満ちた笑みを見ていると、どうにも気持ちが高ぶる。

でも、飛びついたりはできない。天佑の看病をしているところだ。病人を置いて駆けだしていくなんて普通じゃない。

「あなたの血？　どこか怪我した？」

「どこにも傷なんかないさ！」

「後で必ず診せて」

紅花は九曜の黒曜石のような瞳を見つめた。

すると、九曜に髑髏を押しつけられ、手を引っ張られた。

「行こう！」

紅花が従うと微塵《みじん》も疑っていない瞳に、まぶしい笑顔だ。

「待って！」

「なぜ？」

「簡単に従うなんて思わないで。いつも強引なんだから！　私は今、天佑様を診てるの！」

紅花は九曜に髑髏を押しつけ返した。

視界の端で、小杏が顔をしかめているのが見えた。

はっとした。紅花がいるから九曜は天佑の家に来たのだ。紅花が、原因だ。自分が思い至った言葉に、紅花は衝撃を受けた。このままでは天佑に迷惑がかかる。

いや、もうすでに、うるさく喚《わめ》いて落ちつかなくさせているし、嫌がられている。助けに来ておいて、なんというまねだ。なんとか挽回《ばんかい》しなくてはならない。天佑という人と、この家はとても好ましい。険悪にはなりたくない。

「ごめんなさい！　九曜を外につれていったら、また来ますから！」

紅花は抵抗をやめて、九曜とともに走りだした。

振り返ると、天佑があっけにとられた顔をしている。

天佑の家を出て、渠水にむかった。橋の下には、舟が一艘《そう》、停まっていた。

「屍骸《しがい》に飛び散っていたのは豚の血だ！　これで先日の嵐の三日事件は解決する！」

九曜が舟にひらりと乗った。

ああ、どうしよう。

紅花は拳《こぶし》を握った。このまま九曜をひとりで行かせるべきだ。見送って、天佑のところに戻るべき。頭ではわかっている。

時間稼ぎだと思いながら、九曜に話しかける。

「あなたの体についている血も豚のもの？」

「そうだ。試してみたんだ、これで！」

九曜は声を弾ませて、銛を突きつけてきた。紅花は銛と九曜を交互に見た。どんな問題と遭遇して、どう解決したかよくわからないけれど、九曜の機嫌はすこぶるよい。

九曜が手をさしのべる。迷いのない瞳で紅花を見上げる。

たとえば、天佑の家に留まった自分を想像してみる。九曜がいったいどんな事件を持ちこんだのか、まったく気にせず、忘れて過ごせるだろうか。

紅花は唇をきゅっと結んだ。九曜と見るはずだった景色や、体験するはずだった冒険は、当然のように得られなくなる。

そうしたら自分はきっと、それらを得られた自分を想像して嫉妬《しっと》にかられるだろう。

紅花は飛んだ。舟が大きく揺れた。飛沫《ひまつ》があがる。天佑の家を見てから、首を振った。

舟に乗ってしまった。もう元には戻れない。

紅花は、負けた。己の好奇心に。

「これから、どこにむかうの？」

早く話が聞きたい。紅花は急く《せ》心を抑えた。

「ぼくの家だ」

九曜が視線を宮城の方角にむけた。高家の第宅《ていたく》は宮城まわりの一等地にある。官僚がこぞって住みたがる高級住宅街だ。世界の中心地である開封の都に居を構えるだけでも、かなりの金額がかかる。九曜の家族にはまだ一度も会えていないが、地位のある人たちにちがいない。

どんな人たちなのだろう。

気にならないと言えば嘘《うそ》になるが、九曜が教えてくれるまで待とうと思っている。

渠水が広くなり、開封の中心地に差しかかった。

川をゆく舟は大量にあり、両岸には通行人が大勢いる。通り過ぎる人たちが、九曜の格好に顔をしかめたり、好奇の目で見てきたりしていた。九曜は目立つ。血に塗《まみ》れて髑髏と銛を持っているのだから、ぎょっとして目が離せなくなる人がいてもあたりまえだ。

他人にどう思われるかなんて、気にしても無意味だ。人は見たいものしか見ない。九曜の表面しか知らない他人とちがい、紅花だけは九曜の聡明《そうめい》さを知っている。

紅花がふっと笑みを浮かべたその刹那、背後に猛烈な視線を感じた。じっとりとしていて刺すように痛い。戦場で敵兵から感じた経験のあるものと似ていた。

振り返ってたしかめたが、視線の主がどこにいるかわからない。

「どうした?」

「誰かが私たちを見ていた」

「実際、見られているからな」

「そうなんだけど」

視線はやがて感じられなくなった。それにしても、気になる。好奇の目と殺気を、間違えたりしない。

なんだったのだろう。

紅花が腕を組むと、舟はゆっくりと渠水を曲がった。紅花にも覚えのある渠水だ。まもなく、高家の第宅にたどりつく。

「紅花、見ろ！」

「ん、どうしたの？」

紅花は九曜が指さした方角を見て、目を細めた。

白いなにかが浮かんでいる。

「うわ、ありゃ、なんだ」

船頭が幽霊でも見たような声をあげた。

九曜が銛の柄で舟底を叩いた。

「いいから近づけろ！　怖いならぼくが漕《こ》ぐ！」

船頭は黙った。青い顔をして、櫂を動かす。

舟が近づくとともに、それが花で飾られた人物だとわかった。

仰向けで浮かんでいるのは、麗しい若者だ。眠っているような顔は女にも思える容貌《ようぼう》だが、咽喉《いんこう》の隆起があるので男だとわかった。

青年は白い寒牡丹で飾られている。花は紅花の掌《てのひら》くらいの大きさだ。青年は寒牡丹の花《はな》簪《かんざし》をさして、花冠を被《かぶ》っている。蔓《かずら》に縛られた手が胸の前で大きな花束《はなたば》を抱えていた。

青年は、黒みがかった紺色の長い衣を着ている。布地には、黄色の刺繍がほどこされていた。それで、青年の白皙《はくせき》な顔と、白い寒牡丹がことさら映えていた。

「死体だな」

「まだ、息があるかもしれないわ」

「たしかめてみればいい。川岸まで運ぶぞ。手を貸せ」

「そうね、このままでは流されてしまう」

紅花は九曜とともに青年を舟に引きよせた。息を合わせて舟に乗せる。青年の衣が水を含んでいて重かった。袖《そで》が濡れたがかまうものか。

手早く鼻と唇に手をかざす。呼気は感じられない。首筋に指をあてて、脈をはかる。

「死んでいるわね」

「ぼくはそう言ったはずだぞ」

「……なんとも異常な遺体ね。花にまみれて死んでいるなんて」

「これは寒牡丹だ。まだ咲いたばかり」

九曜が青年の胸元に咲く牡丹から白い花弁をひきちぎると、ぱくりと口に含んだ。

「やめなさい、毒でも塗ってあったら、どうするの」

「それなら愉快なだけだ」

心から言っているのはわかる。

なにが楽しいものかと紅花は眉をよせた。

「なぜ花で飾ったのかな？」

「この遺体に意味を添えたかったからだろうな。犯人からの伝言だよ。寒牡丹は春と冬に咲く品種だ。牡丹自身が寒いことを知りながら冬にも咲くんだ。要用のないところには養分は送らないと決めこみ、花を咲かせることに全集中するので、寒牡丹には葉がほとんどない。どうだ、なにか憶測はつくか？」

「それって、なんだか……」

紅花は言いかけて口をつぐんだ。

「なんだ？」

「なんでもない」

九曜みたいだと思った。これと決めたもののほかは、すべていらないと切り捨てて、意図を果たすためだけに全力を尽くす人だ。けれど、遺体に使われた花が九曜に似ているなど、不謹慎な気がして言えなかった。

九曜はじっと紅花を見て、ふんと鼻を鳴らして前方を見た。

「到着ですよ」

船頭が舟を停めた。九曜が懐《ふところ》から銭嚢《ぜにぶくろ》を取りだして、船頭にたっぷり銭を渡している。船頭はやっとほっとした顔をした。

紅花が先に、髑髏と銛を持って舟をおりた。続いて九曜が遺体を抱きかかえながら舟をおりる。

幅の広い街路には丹桂《たんけい》（金木犀《きんもくせい》）が整然と植えられ、円《まろ》やかな甘い香りに満ちていた。九曜が通行人にじろじろ見られながら、川岸に遺体を横たえた。

「さっきの話だけれど、牡丹って薬になる花よ。牡丹の根皮は牡丹皮と呼ばれて、薬として使われる。おもに、婦人病の薬にされるはず。婦人にまつわる伝言かな？」

紅花は銛を地面に置いた。髑髏もそうするか迷ったが、九曜にとっては大事な朋友と聞いているので、抱えていることにした。

「医者の君らしい答えだ。だが、どうかな？　それでは意味が通らない」

「ここにいたのですね、紅花先生！」

「その声は天佑様っ？」

馬車からおりた天佑が足元をふらつかせながら近づいてくる。寝室で見た長衣に、簡単に髪をまとめ、赤い顔をしている。あきらかに体調は悪い。

「天佑様、どうしてここに！」

「あんな出ていかれかたをして、黙って寝ているわけにはいかないでしょう。あなたが気にかかって、ここまで参上いたしました。まさか病人を置いて、去られるとは」

「……本当に、ごめんなさい」

九曜をつれて出たほうがよいと思って、という言葉は声にならなかった。

天佑は真剣な眼差《まなざ》しをしていた。寝室で横になっていたときに見せてくれた顔とはうって変わって、親しみの感情が消えている。

「謝罪などいりません。あなたには、少し、失望しました。医師としての職務を放棄して、好奇心を満たすほうを選ばれるとは」

見損《みそこ》なったと言われ、紅花は息が苦しくなった。

たしかに、そうだ。天佑にはお見通しだ。紅花は欲望に惹《ひ》かれ、それを選択した。九曜を引き離すためなんていうのは、都合のいい言い訳でしかなかった。

天佑に、叱《しか》られた。

「それに聞きたい話もありました。紅花先生、あなたにはその気がおありなのですか？」

天佑が荒い息を吐《は》いて、額の汗を袖で拭《ぬぐ》う。

紅花は俯《うつむ》いていた顔を、そっとあげた。

「なんのお話ですか？」

「手紙の内容ですよ。私の家に籠ごと置いていかれたでしょう」

「あ、そうですね」

そういえば姉から言いつかっていた手紙があった。病に浮かされていた天佑の顔を見た瞬間、そんなことなど飛び立ってしまっていた。いったいなにが書かれているのか、紅花はなにも知らない。

「天佑様、その」

手紙の中身はどんな？　と聞くより先に、天佑が紅花のほうへ顔をよせてくる。

「あなたは、私と結婚するつもりがおありなのですか」

「え？」

「なにを言いだすんだこの愚か者！」

声をひそめたのはおそらく九曜に聞かれたくなかったからだろう。そうとすぐわかっても、九曜の地獄耳をとめることはできなかった。

天佑が紅花に囁《ささや》いた瞬間、九曜は大声でがなり立てはじめた。

「さては熱で頭がやられたな！　さっさと病人は帰れ！　ここにおまえは不用だ！」

ふんと顎をあげる九曜を紅花は押し返した。

「あの、結婚って、天佑様とのですか？　私が？」

「え？　だって今」

「私はなにも知らされておりません」

「ですが、そういう話が起きているのは事実なのです。なにかお心当たりはありませんか？　紅花先生」

天佑様が嘘をいうはずがないとはわかっている。けど、結婚なんて話は今まで聞いたことがない。まだ姉の鞠花でさえ嫁いでないというのに。

だけど、もしもこの話が本当なら……。

「……私の祖父を、天佑様はご存じですか？」

わななきそうになる声を抑えて尋《たず》ねてみる。天佑は目を細めてそんな紅花を見つめていた。

「思いあたる節はおありなのですね」

「……はい」

「紅花小姐のお身内は、許先生以外にはご母堂と姉上のみしか存じあげません。そうですか、ご祖父様が今いらしているのですね」

「そうです……」

祖父ならやりかねない、とは言えなかったが、紅花の頭のなかではそれはほぼ確信となっていた。祖父は常日頃から自由に振舞っている紅花を苦々しく思っている。なによりも女の幸せはよい家のもとへ嫁ぐことだと思いこんでいる。

そうだ、きっと祖父の仕業だ。

長く生きている祖父なら仲人を立てることも、婚姻の取り決めを采配《さいはい》することもきっと困らない。

「わかりました」

天佑も同じ考えに至ったのだろう。熱に浮かされている身でありながらも、冷静な声で紅花に言った。

「手紙には結納《ゆいのう》まで話が進んでいるとありました。私にとっては、本来なら歓迎すべき話ですが、今は素直には喜べません。患者より楽しみを選ぶあなたには、失望しましたので。それに、あなたもなにもご存じないとみえる。私も両親に問いただしてみます、そのうちわかったことをお知らせしますから、それまではどうぞおちついていてください」

「……はい、……」

紅花はなんとかうなずいた。

「話はそれだけだな」

見つめあう二人のあいだに割って入るように、ぐいと九曜が顔を突っこんできた。

「では主題に戻すぞ。紅花、こっちをむけ」

「高九曜」

天佑がじろりと九曜をにらみつける。

「今度はなにをしている、高九曜。そこにあるのは遺体だろう?」

「そうなのです。帰路で偶然見つけて……」

天佑が遺体の前に膝《ひざ》をついて、じっと見おろした。

「異様な死にざまですね。牡丹で飾られているとは。しかし、寒牡丹とはいえここまでの花はめったにお目にかかれない。まさに真の国色と言うべきか」

「待て。それは劉禹錫《りゅううしゃく》か？」

九曜の問いかけに、天佑が顔をあげる。紅花には、二人がなんの会話をしているのか、わからなかった。黙って、二人の顔を見比べる。

「そうだが？　古い詩だが君も知っているだろう、『賞牡丹』を。《庭前芍薬妖無格……》」

「それだ！」

九曜は突然、大声をあげた。

庭前芍薬妖無格（庭前の芍薬《しゃくやく》妖《よう》なれど格無し）
池上芙蕖浄少情（池上の芙蕖《ふきょ》浄《きよ》けれど情少なし）
唯有牡丹真国色（唯《た》だ牡丹の真の国色有るのみ）
花開時節動京城！（花開く時節京城《きょうじょう》を動《ゆる》がす）

花のなかで牡丹が一番だ、開花の時期は都がさわぎだす、という詩だ。

九曜が朗詠しながら、遺体の衣を指さす。

紅花は、はっとした。布地を彩る花の刺繍は、芍薬であり芙蕖だ。

「これは犯人からの通告だ！　花の開花に合わせて、都で騒動をおこすということだ。この遺体が騒動の始まりだったら、もしかすると、もっと大きな計画を用意しているかもしれない！」

九曜の瞳が輝いた。推理が当たっているのなら、迷惑な話だ。けれど、九曜はとびきりの玩具《おもちゃ》をもらったかのように喜んでいる。

「水中死体の多くは溺死だが、致命的な損傷がないことが多い。そのため、あらゆる可能性を考えながら、判断しなくてはならない。けれど、殺害後に水中に捨てた場合や、水中での病死もありうる。……この死体は水を飲んでいないようだから、溺死の可能性は低いな！」

「旦那様！　なにをなさっておられるのですか！」

若い声だ。あきらかに怒りに震えていた。紅花が声のほうを見ると、小杏が馬車からおりて駆けつけてくる。

ああ、と紅花は察した。

「黙って家を出てこられたのですね。私を気にかけてくださったのはとても嬉しいです。けれど、私も天佑様を心配しております。どうか、帰ってお休みになってください」

天佑が目を細めた。

「帰りますよ、旦那様！」

小杏が天佑の腕をとり、ふらつく体を支えて馬車に乗った。

「叱りつけて連れ帰るとは、貴重な使用人だな」

「……そうね」

紅花は胸元できゅっと拳を握りしめたあと、首を振って意識を遺体に戻した。

「官吏に知らせないとね」

「その前に遺体を調べよう！」

九曜が遺体の両腕を縛る蔓を解きにかかった。

「ちょっと待ってよ」

紅花は九曜の手を押しとどめた。

「なぜ？」

「届出してからも、殺人と疑われたら検屍をさせてもらえるわ。これは事件なのだから」

「ぼくらは第一発見者だから、検屍の担当からは外される」

「それなら検屍を見届けましょう。不手際があるようなら、再検屍を申し出て……」

「そんなの待っていられるか！　ぼくらが今やったほうが早い」

九曜がつんと唇を尖《とが》らせた。

なんて腹の立つ男！

九曜は自分の思うままに検屍がしたいだけだ。あまりにも傲慢《ごうまん》だ。殴ってやりたくなったが、ぐっとこらえる。

「楽しみばかりを優先しないで！」

「それに、話したところで馬鹿を見るだけだ」

「馬鹿なのはあなたよ！　もういい！」

紅花は遠巻きにしつつも関心深そうに見ている人達に、「官吏をつれてきて」と頼んだ。

これ以上は仕事の邪魔をしてしまう。官吏の到着後、遺体が殺害されていると判断されたら、検屍官が来る。そこでうまく検屍ができず報告書が作れなかったら、上司から叱責されるのは担当者である検屍官だ。

「さぁ、検屍を始めよう。ぼくらのほうがうまくやれるぞ」

「私は手伝いませんからね！」

「ふん、誰が君に頼んだ。ぼくらだよ！」

九曜は髑髏に視線をむけると、遺体の衣を手早く脱がせた。

四肢をたしかめ、胴体を検分する。花簪を外し、耳のなかを調べ、花冠を取りさり、頭皮を撫でていった。

九曜は一度も紅花を呼ばなかった。九曜と髑髏の世界ができあがっていた。

生きてる私よりも、その髑髏のほうがよっぽど大事か。

紅花は九曜に振り返ってほしかったが、自分と出会う前から九曜が髑髏を唯一の友だと連れ歩いていたのは知っているので、きゅっと唇を結んで不満をこらえた。

九曜の手はとまらない。遺体にはどこにも外傷がなかった。

「目は濁っていない。しかし、硬直が始まっている。死斑についてだが、水中では体位が変化しやすく明瞭でないことが多いから、時間経過の参考にはならない。そうだな、死後一日以内といったところか」

紅花は九曜の手際に見入った。九曜の真剣な眼差しは獲物を前にした狼のようだ。北の地で見た狼は、その知力の高さから人に恐れられていたが、紅花はその凜《りん》とした強さが好きだった。

「ふぅん、愉快だな」

九曜がにやりと笑った。紅花は眉をよせた。

「不謹慎よ。愉快だなんて」

「だって、見てみろ、紅花」

悪戯《いたずら》をする童子みたいな顔をして、九曜が紅花を呼ぶ。紅花の心はくすぐられた。なにかあったのだ。

だけど、すぐに振り返る気にはなれなかった。協力はしないと言ったばかりだ。九曜はそんなこと気にしていないのか。

紅花はちらりと九曜を見た。

「どうしたの?」

「おもしろいものが体のなかに埋まっている」

九曜が遺体をうつ伏せにして、濡れた長い黒髪をかき分けた。

「触ってみろ、紅花」

もう一度、九曜が紅花の名を呼んだ。

どうしよう。九曜の誘いに応《こた》える?

紅花は己に問いかけ、にっこり笑って遺体に手をさしのべた。

冷たい。死者の温度だ。

首のつけ根に、硬くて細いものが埋まっている。

「これは……暗器(暗殺道具)かしら?」

「ぼくは簪だと思うね。取りだしてみよう。なにを賭《か》ける?」

「だから、不謹慎よ」

言いながら唇を舐《な》める。興奮する。いったいなんだろう。

九曜が肩をすくめて、懐から革の包みを取りだした。包みを解くと、小道具がずらりと並んでいた。

「君に頼むよ。摘出は得意だろう?」

九曜が手にしたのは細い小刀だった。

小刀があれば、中に埋まっているものがなにか解明できる。

九曜の瞳が、どうだ？　と問いかけている。

ああ、いけない。いけないとわかっているのに私は、この魅力的な謎に抗《あらが》えない。

水死体の青年をじっと見てから、九曜に手を差しだした。掌に小さな刀が載せられる。

紅花はしっかり柄を握った。手がじんわりと温かくなり、調子を刻みたくなった。

まわりの人が怯《おび》えたり、奇異の目をむけたりしているのがわかる。

「おい、あの娘、笑ってるぞ」

「なに考えてるんだ？　こんなときに」

「気味悪いよ」

「言わせておけ」

九曜が言った。紅花は下がっていた視線をあげた。

たしかにそうだ。

悪意や好奇のざわめきは、小刀を煌めかせると気にならなくなった。

「いい顔してるぞ、紅花。それが見たかった」

九曜こそ、瞳を輝かせて、満面の笑みだ。

これまでの人生で、人をたくさん切ってきた。遺体をそうと知って切ることは稀《まれ》だった。生きている人を、一刻も早く助けなければと思って小刀を手にしてきたから、検屍は不思議な思いがする。

九曜と蛍火《けいか》の検屍で出会ってから、捜査に協力したとのことで紅花は役所に認められ、何度か検屍の依頼を受けた。

宋《そう》の法律では、禁因（殺人案件、非常理死者、死ぬ前に近親者のない遺体、収監中の犯罪者）は必ず検屍をおこなえと記されている。

喧嘩《けんか》によって刺されて死亡した人を検分したり、死後の放置で半分溶けた人の死亡の因を調べたりと、人の死にざまはさまざまだった。九曜はいなかった。石英《せきえい》に聞くと、それらの検屍をつまらないと一蹴して、現場に行かないと言われたそうだ。

九曜の家を主治医として訪ねると、たいてい留守だった。たまに会えると、老猫失踪《しっそう》事件や、八本の金匙事件といった、解決したばかりの事件の話を聞かせてくれた。どうせなら携わりたかったとこぼすと、君は役所の仕事で忙しそうだったからと不満げに唇を尖らせた。

九曜もともに事件を解決したいと思っていてくれるのだと気づいて、紅花は嬉しくなった。その思いは、今もかわらない。

もう言葉を語る術のない遺体に、なにが起きたのかを知る——それも、単純な真実ではなく、複雑な謎の匂いがするものを。

紅花はうっとりと目を細めると、青年の首のつけ根に狙いをさだめて、刃物を突き立てた。小刀は、肌に触れただけで切れた。そのまま力をこめて穴を広げる。

ふと、矢を射られた人を手術するときのことを思い返した。戦場で治療した最後の人、郭志将軍はお元気だろうか。治療は成功したけれど重傷だったため、戦場を退き、今は回復にあたっていると聞いている。

「九曜、毛抜きのような物は、ない？」

「もちろん、あるさ」

「渡して」

紅花は小刀を毛抜きに持ち替えて、皮膚に埋まった硬い物を引っこ抜いた。脳にむけて尖った細い物が突き刺さっていた。素材は青緑色の翡翠《ひすい》で、長さは紅花の人差し指ほどだ。

「これが死亡の原因ね。……あなたが言うように簪かな？」

折れた跡がある。簪というなら、上部が失われたわけだ。突き刺さったときに下部は肉体に残ったが、上部は行方知れずになったのかもしれない。

「簪に決まっている。暗器にわざわざ翡翠を使う者がいるはずがない」

「なるほど。それじゃあ、ひとまずは簪ということに」

「ひとまず？」

「そうでしょ」

「ふん、おもしろくなってきたな」

九曜が瞳を煌めかせる。

「楽しんでるの？　だから、不謹慎よ、九曜」

自分のことはさしおいて、いちおう窘《たしな》める。

九曜が、満面の笑みを浮かべて言った。

「君ならこの気持ちがわかると思うが……」

「おい！　なにをやってる！　遺体から今すぐ離れろ！」

九曜の言葉を遮《さえぎ》ってあらわれたのは、三十代半ばくらいの男だった。面長で顎が小さく、鼻の形が細い。官服を着ている。どこかだらしのない印象があるが、官服の下には鍛《きた》えられた体があると紅花にはわかった。部下を三人、引きつれている。

戦場で出会った、要領のよい士官たちの顔が浮かんだ。紅花は真面目《まじめ》に少しずつつみあげていくのが好きだが、彼らは力を抜くべきときは抜き、ここぞというときに奮闘してみせた。

戦功を評価されてほかの士官よりも早く戦場を去った。今頃も、中央でうまく立ち回っているのだろう。目の前の男は、そんな人物を彷彿《ほうふつ》とさせた。

「わぁ、なんで髑髏があるんだ！」

「髑髏はぼくの友人だ！　ぼくたちで先に検屍を始めていたぞ。感謝は不要だ」

九曜がにっこりと笑った。本気で言っている顔だ。紅花は顔を手で覆《おお》いたくなった。検屍は法で決まりがさだめられている。紅花たちがしたことは、法律違反だ。検屍を命じられた責任者は、下手すると杖打ちの刑に処される。

官吏が険《けわ》しい顔で眉をひそめた。

「検屍だって？　勝手なまねを！　いったいどこに遺体があったんだ！」

「そこの渠水に浮かんでいた」

官吏が遺体をまじまじと見おろした。

「水死体にしては綺麗《きれい》な顔をしているな。……ん？　こりゃあ政府高官で名家の周睿《しゅうえい》だ！」

官吏たちが喚きはじめると、九曜がうるさそうに鼻を鳴らした。

「そんなことはわかっていた。遺体の名は、周睿。二十三歳。左利き。書で有名な人物だ。見たらわかるが溺死ではない。川遊びする性格ではない」

「誰だかわかっていたの？　どうして話してくれなかったの！」

「質問されなかった」

九曜はしれっとしている。紅花は拳を握った。

いったい、なにを考えているの！

九曜を殴ってやりたかった。だが、暴力よりも対話で解決しなければならないと自分に言い聞かせた。

「私を信用していないの？」

だから語ってくれないのだろうか。なんでも秘密にされるのだろうか。

「信用だって？　なにを言いたいのかぼくにはわからない」

まっすぐな瞳に、紅花は唇を結んだ。

髑髏ばかり優先して、九曜は私のことなんてなんとも思ってない。

気づいた事実に、紅花は打ちのめされた。紅花は九曜を卓越した人だと思っている。けれど、九曜にとって紅花はちがう。

頼りにできる相手だと信用されたい。

戦場でも、命をあずけあう同志たちとの絆《きずな》が、結果として軍を強くしたものだ。

こう願うのは私のほうだけなの？

「ねぇ、九曜、私はね……」

「おまえたちは何者なんだ」

官吏の厳しい視線が紅花に向いた。九曜と話したいが、官吏を無視するわけにはいかない。どんな罰が下るかわからないからだ。

「私は、許紅花と申します」

「ぼくは高九曜だ。人はぼくを髑髏真君《どくろしんくん》と呼ぶ」

「二人して、遺体を弄《もてあそ》んでいたな。第一発見者というのも疑わしい」

「……そう思われますよね」

紅花はどう説明するか迷った。

「殺しちまってから、遺体の処理に困って、こんな虚飾をしたんじゃないのか？」

「憶測でものを言うな。遺体の処分くらい、誰にも知られずやり遂げられる。ぼくらは検屍をおこない、死亡の因をつきとめた。これだ」

九曜が簪の下部を手渡してから、首のつけねにある穴を指さした。

「いや、おまえたちでなければ、いったい誰が犯人なんだ？」

じっと九曜をにらみつける官吏の瞳に、紅花は薄暗いものを感じた。

私たちは仕事の邪魔をしている。追いやられたり、どやされたり、犯人扱いされるのは当然だ。

だが、この官吏は真実などどうでもいいと考えているように思える。ただ犯人を捕らえて職分を果たしたいと。官吏は冤罪《えんざい》を恐れていないのだろうか。犯人らしき人物さえ捕らえれば、それに文句をつける者などいないと確信しているのか。必ず、口を封じてしまえると。

「ぼくたちではない別の誰かだ」

「それを証明できるか？」

「ぼくらを舟に乗せていた船頭がいる。彼は、ぼくらと同道して遺体を発見した。それに、遺体を発見してからここに来るまでも、ぼくらのことを見物人が見ていた！」

「……船頭は今どこにいるんだ？」

「馬行街からこのあたりまでの渠水だ」

「調べさせる。事実が判明するまで、おまえたちには牢獄《ろうごく》に入っていてもらおう」

九曜が地面を強く踏んだ。

「この二枚舌め！　船頭を探索する気なんて一切ないくせに。ぼくらを殺そうとしているな？」

「なんだって？」

「牢屋《ろうや》に入れて、そのまま処刑する気だろう？　おまえは嘘つきだ。身につけている冠は、おまえのものではない。同僚との賭博《とばく》で手に入れたものだ。それも、いかさまをしてな。革帯も同様だ。おまえの趣味とはちがうし、元はおまえより太った金持ちのものだったと、革帯の色彩と皺《しわ》を見ればわかる。おまえの女も、家も、すべて欺弄《ぎろう》で最近、入手したもの。ふふ、時代が時代なら、国さえもその舌で盗んでしまったかもしれない男だな」

官吏はあんぐりと口を開いて、革の腰帯に触れた。

「なんなんだ、おまえは」

「ぼくらを解き放て。真犯人を捜してやろう。そうすれば、ぼくらの身の潔白が証明できるだろうしな！」

九曜の瞳がきらきらと輝いた。

官吏が九曜と紅花を見て、なにかすごく怖いものを見たときのような顔をした。

「そんな言葉は信じられない。適当なことを言って、逃げようとしているんだろ！」

官吏が背後の部下たちに目色で指示した。捕らえようというのか。紅花は九曜に視線をむけた。

二人で逃げなくちゃ。

だが、九曜は紅花を見なかった。

「ぼくは逃げも隠れもしない！　石英という官吏を呼んで来い！」

九曜は地面を強く踏んで石英の名を挙げた。

官吏は部下を振り返る。

「石英とは？」

「貴殿と同じく、開封府に勤める官吏です」

部下の答えに、官吏は小さく舌打ちをした。

4

空には雲が綿花のように散らばっている。地面に接した一部の雲が橙色《だいだいいろ》を帯びはじめた。紅花は首筋に寒気を覚えた。

まもなく夕暮れだ。時刻が経過するのは早い。

紅花と九曜は遺体の隣りに座っていた。そばには厳しい顔をした官吏が警戒している。

「ねぇ九曜。石英様は来てくださるかしら？」

「愚問だな」

紅花は肩をすくめた。

「それじゃあ、今こそ周睿様について知っていることを教えてよ」

九曜は髑髏を両腕で抱えてじっとしていた。だが、紅花の呼びかけに顔をあげた。

「そうだな。周睿は士大夫だ。科挙官僚であり、地主であり、文人といった三者を兼ね備えている。さらに言うなら、周家は旧守派の筆頭だ」

「旧守派ってなに？」

「君は政治にまったく関心がないようだが、開封の政治は、我が君の親政を歓迎する派とそうでない派に分かれている。旧守派と革新派だよ」

なるほど、と紅花はうなずいた。周家は名門であり、一族は政治の中心にいる。

そこまで考えて、九曜が気になった。宮城近くに住まう高家の人々も、政治にかかわっているのではないか。

「あなたの家は？」

「ぼくの家がどうした」

「高家の事情を聞いてはいけない？」

九曜は苦辛を味わったような顔をした。

「高家は、高家は……あ、見ろ、紅花！　やっと来たぞ！」

川岸に馬車が停まった。中から石英がおりてくる。九曜が表情を明るくして立ちあがった。紅花も続く。

「何度こんなさわぎをおこせば気がすむんだ」

石英が九曜を見て難しい顔をした。

「遅いぞ石英！　ずいぶん待たせてくれたな！　ぼくらがさわぎをおこしているのではない。勝手にさわいでいるんだろ！」

「私にも、事情があるのだぞ」

「なにを言っている。またしても、細君にお使いを頼まれていたくせに！　月影楼《げつえいろう》の茶食は手に入ったのか！」

「……答えたくない」

「徒労だったというわけか！　それで、いつにもまして細君の叱咤《しった》がとまらなかった！」

「石英殿、彼らとはお知り合いなのですね？」

官吏が作り物めいた笑顔で石英に歩みよった。

「ああ、貴殿は楊律《ようりつ》殿ですな。存じております。開封府に赴任になったばかりですから、高九曜を知らなくても不思議ではありません」

「ええ、この都には精通しておりませんで。お二人の事情も存じあげません」

楊律はことさらに二人を強調して言った。官吏が庶民と特別に親しくしていると指摘したいのだろう。

「そうですね。この高九曜は開封府に助力している名家の子息です」

石英のしれっと放った言葉に、楊律の目が光った。

「だから逃がせというわけですね。殺人は犯さないと」

紅花は石英がうなずくのを期待したが、そうはならなかった。

「疑わしいと貴殿が判断なされたのなら、それに異議はありません」

「石英！　この石頭！　ぼくたちは犯人じゃない！」

九曜が激昂《げきこう》した。

怒る気持ちもわかるが、石英が正しい。官吏と親しいからと言って、疑わしい者を逃がすなどは許されない。だが、このままでは、無実の罪で犯人にされてしまう。それは嫌だし、困る。

石英はひとつ咳払《せきばら》いをして、楊律に告げた。

「裁判は数日のうちに行われるでしょう。人が死んでいるのだから、死刑は免《まぬが》れません。しかし、別に犯人がいると言うのなら、裁判までに探させるのはどうでしょう。もしも二人が逃亡したら、私が責任をとります」

石英の明言に、楊律がにやりと笑った。

紅花は不安になった。

楊律はどういう決断をするだろう。

「そうだ、石英！　ぼくなら犯人を見つけだせる！　逃亡したりするもんか！」

九曜が声をあげた。

紅花も急いで立ちあがり、拝礼した。

「私も誓います。逃げたりはいたしません。犯人を捜す機会をください！」

楊律が鼻頭を掻《か》いて、それから、にやりと笑った。

「石英殿に、恩を売る絶好の機会になりますね」

紅花は九曜と視線を交《か》わして、微笑んだ。

「さぁ、行こう！」

九曜に誘われたが、空の暗さに紅花はためらった。

「あ、待って。家に帰らなくちゃいけない」

「捜査をするんだろう？　命が懸かってるんだぞ」

「そんなことはわかってる。だけど、その前にやっぱり……」

「やっぱり、なんだ？」

「帰らないと」

正気か、という瞳で見つめられた。

「……ごめん。一緒に行けなくて」

九曜がくるりと背をむけた。

「わかった。好きにしろ！」

拒絶された。

私だって捜査したい。真相を知りたい。謎を解きたい。だけど、死体を発見した騒動の件は、あれだけ見物人がいたのだから、すでに家族の耳に入っているだろう。

紅花は朝の祖父とのやりとりを思い出した。騒動を知った祖父を想像すると、とても面倒臭い。

結婚だって、あの祖父の采配にちがいない。きっと昨日のうちに仲人が立てられた。手紙には、求婚の話が書いてあったはずだ。

「結婚……か」

こんな、騙《だま》し討ちみたいなまねをされるなんて。

怒りにも似た感情が沸騰する。

けれど、両親や姉は、今まで紅花のやりたいことは、なんだって許してくれてきた。応援してくれた。今回だって、自分の気持ちをちゃんと伝えれば、紅花の話をわかってくれる。味方でいてくれる。

「またね、九曜。……何事もなく再会できるといいけど」

紅花は作り笑顔を浮かべて九曜に告げると、舟に乗って自家を目指した。

家の灯火《とうか》が見える。門を通り、医院のそばを行く。傷痍人の姿はどこにもない。皆、今日はもう帰ったのだ。正房の扉を開けると、母と姉、それから父が走ってきた。

家族がなにかを言う前に、紅花は先んじて告げた。

「ただ今、戻りました。遅くなって申《もう》し訳《わけ》ありません」

「あ、いや。無事ならいいんだが。もう食事もできているから、食べなさい」

父はどこか心配そうだ。母はその隣で、悲しそうな目をして黙っている。

不安にさせたんだ。紅花はきゅっと唇を結んで、食卓へむかおうとした。

「紅花！」

鞠花が目を怒らせて声をあげた。

「だめよ、遅すぎるわ！　患者さんから、話はすべて聞きました。あなたいったいなにを考えてるの！」

「なに、って。私は……」

「やりたいことがあるなら、私たちも応援してあげたい。でも、好き勝手の度がすぎてる！」

　こんなに怒られるなんて、はじめてだ。

　紅花は鞠花を前にして、言葉が出なかった。いつも紅花のやることを、応援して、見守り、励《はげ》ましてくれる両親と姉が、今はけわしい顔をしている。

　とうとう家族にも見捨てられた。天佑様と同じように、失望されてしまったんだ。

　紅花は呆然《ぼうぜん》としながらも、食卓にむかって、祖父と相対した。

　祖父は椅子に座っていた。茶を飲んでいる。紅花を見て、目つきを鋭くした。今度はなにを言われるのだろう。紅花は身構えた。

「紅花、わしはな、おまえのためを思っているから色々と言う」

「はい。おじい様、わかっております」

　そうなのだろうと紅花は信じている。紅花のためを思うから厳しく接するし、物事を強引にでも進めようとするのだ。それは、紅花を大事にしてくれているからだ。

　戦場で、雲嵐が厳しく接したのも、紅花を守るためだった。女扱いはやめてほしかったが、どうしたって紅花の男女の別は女だった。女であっても認めてもらうためには、努力するほかなかった。だからきっと、祖父も同じだ。

そうだ、きっと尋ねれば教えてくれるし、話せばわかってくれる。

「おじい様、私も、おじい様の期待に応えたいと思っております」

「ならば」

「けれど、私は今の私のまま、人の幸せのために生きたいと願っているのです」

祖父が顔をしかめた。紅花は言葉を尽くす。

「ようやく、戦場での傷が癒《い》え、これからというときなのです。結婚は、考えなおしてはいただけないでしょうか？」

紅花が拝礼をすると、椅子に座った祖父が拳を握ったのが見えた。

「おまえがなにを言っているのか、さっぱりわからん」

淡々としていながら、怒りをはらんだ声音だ。

「おじい様……私は」

「よいか、女は男に従っておればいいのだ！　でしゃばるな！」

「私は」

「おまえのような小娘になにができるというのだ！　なにもできない！　この世は男が動かしておるのだぞ！」

紅花は祖父をにらみそうになった。それを、渾身《こんしん》の力でたえた。

「私の話を聞いてください！」

「聞くまでもないわ！　この家の繁栄を考えるのなら嫁にゆけ！　自らの運命を、課せられた役目を、受け入れよ！」

なぜだ。なぜこんなことを言われるのだ。紅花が女だから。祖父にとって、紅花は、この家のなかで最も立場の低い末娘だからか。

わかってくれると思って心を開いて自分の気持ちを言ったのに。祖父は、聞く耳を持たない。

私のためなど、微塵も考えてくれていない。家のため、個を殺せと命じられている。

もし紅花が男だったら、こんなことは言われなかったはずだ。

紅花は奥歯を強く噛んだ。負けてたまるか。声を張りあげ、祖父の言葉をはねのけようとした。

「いったい何事ですか？」

父と母と鞠花が房室にやってきた。

難しい顔をした祖父が、目の前に座るように命じる。

「紅花の結婚についてだ」

言い終わったとき、正房の扉を叩く音がした。

「このような時間に、誰だ？」

祖父が音のほうをにらみつけた。

「私が見てまいります」

鞠花が立ちあがり、足早に音のする方角にむかっていった。

「あの子の結婚も考えねばならぬぞ！」

鞠花の背を見ながら、祖父が机を指で叩いた。

「あの子には、幼い頃から婚礼の約束をしている者がおります」

許希が優しい声音で告げると、祖父は目尻を吊りあげた。

「それは知っておる！　だが、鞠花にとって一番よい相手と添わせてやらねばならん」

「一番……ですか？」

許希と母が惑乱した様子で視線を交わした。

姉上には、もうふさわしいお相手がいるというのに！

鞠花の相手はとても優しく、心配りのできる相手だ。婚約する以前から皆と家族のように接してくれる。紅花を本当の妹のように可愛がり、父母をいつも敬《うやま》っている。朔日《さくじつ》になれば手紙を送り、節句の頃になれば必ず贈り物が届けられる。結婚を意識しているのか、今年に入ってからそれはさらにこまめになってきた。

こんなにも礼儀正しい相手なんていないのに。

姉と婚約者の双方の思いを無視している。型にはまり過ぎた祖父の考えかたが、紅花を苛立《いらだ》たせる。

「あの……髑髏真君がまいりました」

鞠花が狼狽《ろうばい》しながら戻ってきた。紅花はびっくりした。こんな時間に、いったいなにをしにきたというのだろう。

あの人、きっと祖父を怒らせる。

二人の苛烈《かれつ》な言いあいが目に見えるようだ。

笑ってはいけない場なのに、自然と頬がゆるんだ。

想像もしていなかったけれど、これは救いだ。すべて、めちゃくちゃに破壊してくれればいい。

「遅くなりましたが、ご挨拶《あいさつ》に来ました」

紅花は息を呑《の》んだ。父母も、目を疑っているのがわかる。

九曜はゆるやかな癖のある髪をひとつに結いあげ、簪をさしていた。藍色《あいいろ》の襟がついている白い長衣を着て、深緑色の帯をつけている。優美な所作に合わせて、長衣の袖、裾《すそ》がふわりと揺れた。

一目で貴人とわかる。そう認めてから、たしかに九曜という人はまさしく貴人であったと気づいた。

「どなたですかな?」

「高九曜と申します」

そうだ、九曜にちがいない。

けれど、普段は動きやすさを第一に考えた格好だ。出てくる言葉も、聞く者の心情など微塵も気遣《きづか》っていないものばかり。

それなのに、今は典雅を形にしたような人となりだ。

まったく知らない人みたい。なんだか背筋が伸びる。

「高家のご子息か」

祖父がにやりと笑った。嫌な表情だ。

九曜は気にした素振りはなく、祖父にむかって美しい拝礼をする。

「今までご迷惑をおかけしました。ぼくは、開封府が罪人を捕らえる手伝いをしています。検屍の知識をお借りしたくて、紅花小姐と行動させていただきました。今日、新たに屍《しかばね》が発見されました。ぼくのそばにいてくれるのは、紅花でなければならないのです」

耳に心地のよい爽《さわ》やかな声で、力強く説明する。

言葉の嵐を呼び起こして、この場を吹き飛ばしてくれるかと思っていた。予想は外れたけれど、私のために、ここまでしてくれた。ここまでさせてしまって、申し訳ない。

すべて、おじい様のせいだ。

父母と姉が固唾《かたず》を呑んでいる。紅花は祖父をにらみつけ、じっと回答を待った。

祖父は顎鬚《あごひげ》を撫でながら、九曜に微笑んだ。

「そこまで言うということは、紅花を将来は娶《めと》ってくれるつもりでいるのだね」

第二章　翡翠の殺意

1

窓から明るい光が房室のなかを照らしている。整頓《せいとん》された寝台に、書棚からあふれた医学書、手入れの行き届いた剣と弓が置いてある。

紅花は自室で、白い麻の衣服を手にした。

これをまとうのは久しぶりだ。

昨日は、九曜が来てくれた。嬉しかったが、その九曜に祖父は紅花と結婚してくれるかと聞いた。高家は名門で、天佑の家より格が高い。祖父は、よりよい家の相手なら、気持ちをかえられるのだ。

私のためを思ってくれていると信じていたのに、家や体裁のためでしかなかった。

紅花は髪を竹の簪でまとめた。強くしすぎて、少し痛い。かまわず、衣服と同じ麻の外《がい》套《とう》を羽織《はお》った。

これで、喪服の装いが完成した。

戦場では、弔《とむら》いをおこなう暇がない遺体もあった。戦闘中に亡くなって、部隊がそのまま移動するときなどだ。そのなかには、紅花が親しくしていた兵士もいた。悲しみを胸に前をむき、心情を切り替えて歩まなければならなかった。

未《いま》だ火燻《くすぶ》る国の境を想った。けれど、今は離れた場所にいる。

紅花は家族の顔を思い浮かべた。昨日は姉に叱られてしまった。父母は姉をとめなかった。味方をしてくれると信じていたのに。

紅花はきゅっと唇を結んで、自室をこっそりと出た。

冷たい風に目を細める。早朝だが、すでに医院には傷痍人が大勢集まり、治療を待っていた。父母と姉、姉が婚礼の約束をしている人だけで対処できるだろうか。

「おや紅花！　今日は葬儀かい？」

「ええそうなんです、行ってきます」

第一発見者ゆえに嫌疑人となった紅花と九曜だが公表はされていない。石英が時間をくれたということは、信用されているという証《あかし》だ。

早く真犯人を捕らえなければ。

紅花は急いで医院のそばにある運河を目指した。階段をおりて川岸に立ち、流しの舟を呼びとめる。

「周睿殿の葬儀にむかいたいのですが、お願いできますか？」

紅花は周家の住所を知らないが、有名であれば船頭のほうが知っているはずだ。

「あいよ、まかせときな」

紅花は手早く舟に乗りこんだ。

舟は、開封に流れる汴河《べんが》の支流を北に行き先をさだめた。心地よい風が吹く。漢人や胡《こ》人《じん》の富商が住む地区をぬけて、市場のそばを通り、半刻《はんとき》ほどで舟は川岸に停まった。

紅花は周家の第宅にむかった。門前に喪服姿の九曜がいたので、駆けだした。

「九曜！　やっぱり周家に来たのね」

「まずはこの家からだ。入ろう」

「その前に、……昨日はありがとう」

「なんのことかわからない」

ふいっと九曜は顔を背けた。

照れているのかもしれないな、と紅花は笑みを浮かべた。

九曜は髑髏を持っていなかった。髑髏を置いてきたのは顰蹙《ひんしゅく》を買うとわかっているからか、今日の捜査のためか、どちらだろう。他人の心情を気にするのなら、初めから髑髏を持って歩いたりしない。だから、きっと後者だ。

今日は、弔問客に混ざる気だ。

紅花は九曜と並んで周睿の第宅の門を潜った。巨大な前庭があり、長い回廊が続いている。喪服を着た大勢の人が集まっていた。老若男女さまざまだ。

葬儀では、死を惜しまれるほど生前の人徳がわかる。家の名誉にもなる。そのため、弔問客であれば拒《こば》まれずに家に入れる。

紅花は第宅の宗廟《そうびょう》にむかった。宗廟には、親しい親族と思《おぼ》しき四人が蓙《ござ》に座って慟哭《どうこく》していた。頭に白髪のある男性と、二十代後半くらいの男性、五十代くらいの婦人が二人だ。

嘆きの声が宗廟に響き渡っている。とくに、白髪の男性の泣きようは見ていて胸が苦しくなった。遺体にとりすがって大声で名を呼び、嗚咽《おえつ》混じりで「蘇ってくれ！」と希《こいねが》う。その嘆きはやむことがない。白髪の男性は蓙の中央に座っているので、主人にちがいない。息子の死を心から悼んでいる。

家族の前に棺《ひつぎ》が置かれ、昨日、花とともに浮かんでいた周睿が、死装束を着て横たわっていた。紅花と九曜は棺に近づいた。依然眠っているように見える。穏《おだ》やかな死に顔だ。

「こんなに早く亡くなるなんてね」

「詩作の見事さを買われて翰林院《かんりんいん》に入り、翰林学士を目指していたんだろ？　惜しいよな」

弔問客の言葉に紅花は驚いた。翰林院に入るには相当の学力や才能を要求される。唐代であれば、李白《りはく》が皇帝より翰林供奉《ぐぶ》の役職を与えられている。逆に言うと李白並みの才能がなければ任命されない。

翰林院に入って栄進して宰相の地位まで上り詰めた官僚もいる。皇帝直属の部署なので、目に留まる機会も多く、栄誉の花道のようなところだ。

紅花はさらに、故人を惜しむ弔問客の嘆きの声に耳を傾けた。

「物静かでさ、なにを考えているかわからないところもあったけれど、親切のできるいいやつだったよな」

「仕事は着実で、まかせたら安心できた。頼りにしていたのに」

弔問客は口々に、惜しい人を亡くしたと嘆いている。

「おい、見ろよ、陸《りく》家の主人と息子だ！」

弔問客が騒《ざわ》ついた。紅花が振り返ると、初老の男性と青年が小身な奴婢をつれていた。

この場の供にするには、少し年若い。天佑の使用人の小杏より、五歳は下だろう。

「なにしに来たんだ？」

「陸家といえば周家の政敵だぞ」

「ねぇ、九曜。周家と敵対している人が来たの？」

紅花が九曜を見ると、九曜は視線を三人にむけたまま腕を組んだ。

「昨日、話したはずだ。政治は、革新派と旧守派に分かれている。周家は旧守派、陸家は革新派の筆頭だ」

暗い顔をした青年が、周睿のもとに駆けよった。

「ああ、どうして死んだ！　私を残して逝くなんて！」

青年が遺体の胸元に顔を埋める。泣き声は大きく、聞いている紅花の胸を締めつけた。

房室には悲しみが広がったが、それ以上に、二人のあいだにはなにがあったのかという好奇を刺激した。

「陸家の息子、陸銘《りくめい》だ。周家と陸家の不仲は有名だが、息子たちはちがうのか？」

九曜が顎に手をあてて、陸銘を観察している。

紅花も陸銘を見た。陸銘の泣く姿は演技とは思えない。

ああ、とても好きだったのだな。あんなに泣くということは、まだ人の死に慣れていないのだな。

紅花は、戦場を経《へ》て、人を亡くすことが日常になった。陸銘のようには泣けない。たとえ九曜が死んだとしても、手早く検屍をして、遺体を片づけられる。酷薄というよりは、心の麻痺《まひ》だと思っているが、実際はどうなのだろう。

初老の男性が、陸銘の近くによりそい、背中を撫でた。

とたん、陸銘が弾けるように起きあがり、初老の男性の手を振り払った。

「やめてください、父上！　私たちは家のせいで幼少の頃から憎悪しあってきました。けれど、同じ要職をあずかり、その仕事を共にすることで理解しあえました。私がどれだけ親友を失って悲しいかわかっていますか？　家の名誉がなによりも大切な父上には、ご理解いただけないでしょう！」

父上と呼ばれた初老の男は、手をおろしかけたが、そのまま陸銘の肩を抱いた。陸銘は身動きをしたが、次第におとなしくなり、父の肩に額を埋め、声をあげて泣き続けた。

「政敵の家柄《いえがら》に生まれた陸銘と周睿は、それでも友だったというわけか。なかなかおもしろい。けれど、今はそれよりも気になる男がいる」

「どこにいる人？」

「周睿には兄の周烈《しゅうれつ》がいる。同じ家に生まれながら、仲は悪かった。調べてみる価値はある」

九曜が視線を投げかけた先には、莚に座っている二十代後半くらいの男がいた。紅花は眉をよせた。男は泣いていない。さっきからずっと泣くまねをして、声をあげているだけだ。

涙が悲しみの証になるとは言いきれないが、男の様子はあまりにも淡々としていた。

「調べてみるって、どうやるの？」

「こっちだ」

九曜が迷いのない足取りで宗廟を離れた。回廊を進んで、正房にむかう。宗廟から離れると、人の気配がない。奴婢たちは葬儀と弔問客の相手で手一杯なのだろう。

九曜が正房にするりと忍びこんだ。紅花は立ちどまった。

「勝手に入ったらまずいんじゃない？」

黙って忍びこんでは、見つかったときに言い訳ができない。叩きだされるか、官吏に突きだされる。

「弟を手にかけたんじゃないかと疑っています、なにか証拠があるんじゃないかと、と言って入れてもらえると思うか？　いいから黙ってついて来い」

九曜に手招きされた。だが、紅花は動かない。

「見つかったときはどうするの」

「見つからない」

「そんなことわからない」

「君がいるから心配していない。いざとなったら、捕まらずに逃げるだろ？」

「……少しは頼りにされているのね」

それはなんだか嬉しかった。一時期すっかり落ちていた筋力も、もう戻ってきている。手の震えがあったことを忘れたときはないけれど、すっかり元どおりだ。

紅花は「しょうがないな」と足音を消して、通路を進んだ。

人の気配がないかたしかめながら、紅花と九曜はいくつかの角を曲がった。

「周烈の房室はここだな」

紅花はうなずいた。儒教の教えは建築にも適用されており、間取りはどの家も概《おおむ》ね同じだ。長男である周烈のそばにそれらしい婦人はいなかったから、未婚だ。未婚ならば、正房の父の房室に一番近い場所に房室を持っている。

扉を開けてみる。

黒檀《こくたん》の卓と寝台があり、戸棚が置かれていた。書棚も掛け軸もなく、花なども生けてはなかった。実用品のみ凝縮したといった房室だった。

「あなたの房室じゃなくてよかった。物が散らばってないから。捜索の手掛かりを探すのもそれほど苦労しなさそう」

紅花は寝台を調べてから戸棚を探った。九曜は壁を叩いたり、床を踏みつけたりしている。隠し戸などがあるのかと、紅花も物は試しで戸棚の抽斗《ひきだし》の底を叩いてみた。だが、なにもない。

そう容易に見つかるわけがない。

紅花は苦笑して、丹念に戸棚を見ていった。

戸棚の奥に、絹の布に包まれている硬いものが手に触れた。紅花は息を呑んだ。そっと取りだして、布を開いてみた。

「ねぇ、九曜、これって！」

紅花の手にある物は、半分に折れた翡翠の簪だった。

「ああ、これだ、ぼくが間違えるはずがない。形もぴったりと合うぞ！」

体内に入っていた簪は、証拠品として役所に保管されている。繋《つな》ぎあわせてたしかめることはできないが、九曜が言うのなら形は合うはずだ。

「本当にあるなんて」

紅花の背筋にぞくりとしたものが走った。それが心地よくて微笑むと、九曜が顎に手をあてた。

「簡単に見つかりすぎだ……」

「そう？　私、ちゃんと探したよ」

「君は捜査に慣れていない。そんな君が、うまく見つけられるように置いてあったとしたら？」

「もう！　ちがうって。そんな感じはしなかった！　お兄さんが犯人だという証拠にはちがいないでしょう？」

九曜が難しい顔をして腕を組んだ。

「これはなにかの罠《わな》かもしれないな。まぁ、いい、利用させてもらおう」

「悪い顔してる。気づいてる？」

「戻るぞ。さぁ、狩りだ。君もそれを望んでいるんだろう？」

九曜はにっこり笑って、それ以上の説明をしなかった。

狩りということは、周烈を捕まえるつもりか。

九曜は簪がすぐに発見されたと言うが、紅花にはそうは思えない。紅花はたしかに、大切な物を隠しておきそうな場所を探ったのだ。見つかるのは当然だ。

それに、葬儀の狼狽に紛《まぎ》れてとはいえ、第宅に勝手に入って家探しするなど、周烈は想像していなかっただろう。

利用させてもらうって言っていた。九曜はなにをするつもり？

紅花と九曜は足早に宗廟に戻った。宗廟はあいかわらず混雑していた。奥では、家族たちが慟哭をしている。周睿の兄の周烈もまた、淡々と泣くふりをしている。

白々《しらじら》しい。

姉を敬愛している紅花には、兄弟姉妹で仲良くすればよいのに、と思える。どんな関係でも仲の悪い人たちはいるけれども、それでも憎みあうよりは、愛しあうほうがいい。

「紅花、簪を」

「ここよ。でも、なにをするの？」

紅花は九曜に折れた簪を渡した。

「捜査に時間がかかりそうだから、時間稼ぎに利用しよう。証拠があるとしても、身分が高いから、すぐに処刑されたりはしないさ」

「え？　だから、なにをする気なの？」

「ついてこい！」

九曜は宗廟の中央を走っていって、寝台の前に座る家族にぐいっと簪を突きつけた。

「周烈！　なぜ簪を隠し持っていた！　この簪は、弟である周睿の命を奪ったものだぞ!」

宗廟のなかが、一瞬、静まり返った。

「な、なにを言いだすんだ!」

周烈が明白に狼狽《うろた》えた。

「ぼくは真実しか言わないさ!」

「それを渡せ!」

周烈が蓙から飛びあがった。九曜から簪を奪おうとして手を伸ばす。

九曜がひらりと躱して、周烈にたちむかった。

「ぼくは高九曜! 人はぼくを髑髏真君と呼ぶ! おまえたちの兄弟仲はよくなかったのだろう? 殺してやりたいと思っていた。ちがうか?」

「う、うるさい、黙れ!」

周烈が九曜を拘束しようとする。九曜は軽やかに避けた。

「おまえ、真実かね?」

主人と思しき白髪混じりの男性が、泣き濡れた顔で周烈を見上げた。九曜の言葉を否定もせず、真剣な眼差しを周烈にむける。普段から兄弟は仲が悪く、それは家族も知っているのだろう。

「いえ、父上、ち、ちがうのです」

狼狽える周烈に、九曜が叫んだ。

「ちがうものか！」

「ああもう、こいつを追いだせ！」

周烈が奴婢に命じた。奴婢たちが弔問客をかき分けて近づいてくる。捕まったら追いだされてしまう。

どうするの、九曜。

いざとなったら、戦って、活路を開いて、九曜と脱出しなくてはならない。

紅花が心配したとき、九曜が周烈の腕を摑んだ。

「ぼくの目はごまかされないぞ」

「そうだ。待ちなさい。おまえが周睿を殺したのかね？」

主人が奴婢を制して、周烈に迫った。

「この簪の半分は、周睿の首のつけ根に埋まっていた。完全なる殺人だ」

九曜の言葉に、周烈が羞恥《しゅうち》と笑みを混ぜたような禍々《まがまが》しい表情を浮かべた。

「私は周睿にはなにもしていない！　簪なんて知らない！　一昨日の夜から、妓女《ぎじょ》の桂香《けいか》に会っていたのですから！」

「真実とは思えぬ」

主人の切り捨てるような言葉に、周烈が悲痛な表情を浮かべた。

「父上！　私をお疑いなのですか！」

「潔白と主張するなら証を見せてみよ！」

周烈は信用されていないとみえる。親に弟殺しを疑われるなど、よほど普段からの行いが悪かったのだろう。

紅花と九曜をとり囲む奴婢たちの輪が狭くなった。

どの奴婢が弱そうか、紅花は視線だけでたしかめた。いざとなったら、そこを突いて飛び出よう。

「主人、ぼくが桂香に会ってきます。そのあいだ、周烈殿を逃さぬように房室に閉じこめておいていただきたい。重要な嫌疑人です」

背筋を伸ばして、胸に手をあてて、真摯《しんし》に九曜が告げた。周家の主人はじろじろと九曜を眺《なが》めた。奴婢たちは、いつでも飛びかかってきそうだ。

「そなたらは何者なのだね」

「先ほども申しました、高九曜です。髑髏真君とも呼ばれております。隣にいるのは許紅花。ぼくらの身分の保証は、官吏の石英がいたします」

「そなたは、なにゆえ周睿が簪によって死んだと知っておった」

「ぼくらが周睿殿の遺体を見つけた、第一発見者だからです」

九曜の言葉に、周家の主人は目を見開いて、唸《うな》った。

「ならば、疑わしいのはそなたたちも同じではないのか」

じっとりと凝視された。当主の言葉は、そのとおりだ。紅花と九曜は疑われて当然だ。

これは、まずい……。

九曜が走りだした。

「紅花！　行くぞ！」

九曜は、紅花が目をつけていた奴婢のなかで、二番目に小身な、武術の心得がなさそうな立ち姿をしていた者を押しのけた。

このまま周家に留まっては、紅花たちが周烈と房室に閉じこめられる気配だ。そんなことになっては、真実を証明できずに処刑だ。

紅花は迫り来る奴婢たちから逃れ、門衛を蹴り倒して外に出た。

2

「周烈が語った桂香とやらに会おう。州西瓦子《しゅうさいがし》（盛り場）にむかうぞ！」

九曜が川縁《かわべり》にむかって走った。紅花はあとを追いかけながら問いかける。

「闇雲《やみくも》に州西瓦子を探したところで、桂香に会える？　それに私たち、喪服姿のまま！」

流しの舟に乗って、紅花は呼吸を整えた。

州西瓦子は入り組んでおり、混雑している。妓院《ぎいん》はいくつも乱立している。そのすべてを九曜と二人で調べ回るのは難しいと思えた。

九曜がうなずいた。

「どんな姿だろうが、金さえ払えばたいていのことは不問に付される。とくに、我が国で最大の繁華街では、な。そこには、君と出会った妓院がある。桂香の評判を聞こう。別の妓院にいるとしても、周烈ほどの名家の男を客にしているのだから、有名な妓女にちがいないさ。必ず見つけてみせる」

「そう、伝手《つて》を使うのね」

紅花は納得した。今はありとあらゆるものを使わなければならない。

「それで、ぼくに言うことは？」

九曜の瞳が期待に満ちている。紅花は簪を布で包んで懐にしまいながら、微笑んだ。

「そうね。凶器は翡翠の簪だった。あなたって、やっぱりすごい」

心からの賞賛だ。紅花の言葉に、九曜が喉を撫でられた猫のように目を細めた。

やっぱり、これが欲しかったんだ。

九曜のことを理解できた気がした。手足の指先まで温かくなった。

「うん、そうだ。ぼくにはなんでもわかるのさ」

「あなたほどの人は稀有《けう》よ。そばにいられて嬉しい」

九曜がふふと笑った。艶然《えんぜん》とした微笑みだ。褒めすぎたか。だが、紅花は九曜を本心からすごいと感じているのだから、別にかまわないだろう。

九曜はもっと大勢の人に褒められるべき人だ。もう少し優しい言葉遣いを心がけたり、人の心情を考えたりすれば、九曜は大衆に大歓迎される。

でも、九曜はそうしない。真価を知っているからこそ、紅花は悔《くや》しい。だけど、と思う。誰も九曜を褒めないから、九曜は紅花をそばに置くのだ。それは優越を感じる事実でもあったが、どこかさみしさを覚えた。

舟は汴河の支流を西に移動した。半刻もしないうちに、活気に満ちた街が見えてきた。かつて、家に隠遁《いんとん》して、世を儚《はかな》んでいた紅花が、姉の代わりに検屍をしにきた場所だ。そのときよりも、まわりの風景をじっくり観察できるのは、それだけ心に余裕が出た証だろう。

川岸に露店が並び、物売りもいる。陽気な掛け声が聞こえてくる。行きかう人々はあふれて川に落ちそうだ。

舟が川岸に到着した。九曜とともに混雑した道を、人のあいだをすり抜けて妓院にむかう。喪服姿だからか、人が目をそらし、さける。とても歩きやすい。

妓院の塀は依然広く、歴史を感じさせる重厚感だ。門を潜ると、何層にも重なった屋根が見えた。

「主人を出せ！　ぼくは高九曜だ！」

九曜の叫びに、妓院の奴婢が慌てて奥にひっこんだ。

まもなく、婦人があらわれた。五十代くらいだ。黒い髪に白髪が混ざっている。目尻に皺ができているが、化粧をほどこした顔にはなんともいえない妖艶《ようえん》さがあった。笑顔は朗らかで歯は白い。体をていねいに使っている証だ。婦人の財産なのだろう。

「おや、高九曜様。ようこそ。先日は蛍火のことで捜査をしていただき、ありがとうございました」

女主人は紅花と九曜の喪服姿にも動じずに、周到に礼をした。女主人の態度を見て九曜が足を踏み鳴らした。焦《じ》れている。紅花も同じ心情だ。早く用を伝えたい。

「礼などいらない。それよりも、桂香という妓女を知らぬか？」

「桂香……、うちの妓院にはおりません。それらしい娘に心当たりもありません」

頬に手をあてて、女主人が答える。桂香はこのあたりの妓女ではないのか、それとも有名ではない娘なのだろう。どうする、と紅花は九曜を見る。

「周烈は見栄《みえ》っ張《ぱ》りな男だ。だから、開封で最も繁栄しているこのあたりの女を、贔屓《ひいき》にしているはずだ」

「お調べいたしましょうか？」

「そうしてくれ。急いで頼む」

九曜が懐から銭嚢を取りだして、銭を主人に渡した。

「お心付けありがとうございます。それでは、房室でお待ちください」

女主人が去ったあと、下女に案内されて、九曜と紅花は客室に移った。椅子に座ると、窓から優美な庭の風景を見ることができた。

「一介の娼館《しょうかん》の女主人が調べられるの？」

「ぼくは心配してない」

九曜がとんとんと卓の上を指で叩いた。少し、焦っているのではないだろうか。

「短い時間で見つかるといいけれど。周烈様もあの後どうなったかしら？」

「第宅に閉じこめられているだろうな。無実の罪で。だが、嫌疑人がぼくらから周烈に替われば、ぼくらは自由になれる」

処刑までの猶予を気にせずに捜査できるわけだ。それは助かる。けれど、九曜の言いたいことが気になる。紅花は身を乗りだして、九曜に迫った。

「簪を隠していたんだから、罪はあるでしょう？」

九曜が卓を叩いた。自分の意見に反論されるとすぐ苛立つのだ。童子みたいだ。

紅花は気にせず、顎に手をあてて、周家の葬儀を思い返した。

「周兄弟は、いつか殺し合うのではと思わせるほど仲が悪かった。でも、弟さんのほうは、人徳があったようだけど」

「周家主人の妾《めかけ》の息子だが、主人である父に溺愛《できあい》されていた。だから、兄が一方的に弟を嫌っていたんだ」

紅花は驚いた。

「もしかして、二人は母親がちがう？」

九曜が呆《あき》れ顔《がお》になった。

「なにを見ていた。妻が二人、泣いていただろう。周睿とは異母兄弟だ。正妻である周烈の母が妾と対立しており、弟の周睿とは幼少の頃から仲が悪い」

「あなた、よく短い期間でそんなことまで知りえたわね」

「これは元から知っていたことだ。周兄弟の話は有名だからな」

紅花は軽く息を吞んだ。

「だから、どうしてそういう大事な話を教えてくれないの！」

「今こうして話しているだろう」

「もっと早く話せたでしょう？　昨日だって、教えてって頼んだのに！」

紅花が言《い》い募《つの》ると、九曜はうるさそうに顔を背けた。紅花は唇をきゅっと結んだ。どうして九曜は話さなければいけない事態になってからしか口を開かないのだろう。

九曜の頭脳は冴《さ》えわたっている。いつだってなにかを考えているはずなのだ。それならば、口にして、なんでも話してくれたらいいだろうに。

私は、誰かに軽率に口外なんてしない。秘密は死んでも守る。それでも、信用ならないのだろうか。

紅花と九曜のあいだに沈黙が落ちた。

「失礼します。桂香という妓女が見つかりました」

女主人の声に、紅花は顔をあげた。九曜は卓に手をついて、身を乗りだしていた。

「どこにいる?」

女主人がにっこりと微笑む。

「よろしければ、ご案内させましょうか」

「頼む」

すぐさま馬車に乗り、紅花と九曜は繁華街を疾走した。

蛍火のいた妓楼《ぎろう》よりは小さいが、格式が感じられる古い建物の前で馬車は停まった。

「ようこそ」

店の主人が出てきた。黒髪が薄くなっている。六十代前半のふくよかな体形をした男性だ。紅花たちを手招いた。喪服についても触れられなかった。話はすっかり通じているとみえる。

再び客室に通された。紅花は九曜に話しかけたかった。だが、なんと言って声をかけたらいいのかがわからなかった。

今はなにを考えているのだろう。教えてくれたらいいのに。

「つれてまいりましたよ」

主人と若い婦人があらわれた。黒髪に白い肌をして、艶やかな唇だ。小身だが、身につけている豪奢な衣服が婦人に貫禄《かんろく》を与えている。髪には大量の簪をさしていた。

もしかしたら、この婦人から簪を受けとったのかも。

紅花が熟慮していると、九曜が婦人に話しかけた。

「おまえが桂香か」

尊大な九曜の物言いに、婦人がつんと唇を尖らせた。

「そうだけど。なぁに、あなたたちは。喪服なんか着て、悪いことの前兆みたいね」

「昨日はなにをしていた?」

「あなたたちの喪服はなんなの? まずそれに答えなさい」

ぴしゃりと桂香が言った。傲慢な態度だった。

「葬儀に行っていたんだ。見てわからないのか?」

九曜はへりくだらない。

「そんなことはわかるわよ! どうして喪服なんかで店に来たのかを知りたかったの!」

「葬儀の場で、ある問題が起きたんだ。それで、昨日はなにをしていたんだ?」

「私は、仕事をしていたわ」

当然でしょうと、桂香が九曜を鼻で笑った。この人、わざと怒らせようとしている。九曜が気にしないとよいが。

「誰と一緒だったか言え！」

「言えないわ。軽薄な女と思われたくないもの」

真実だろうか。強引な態度の九曜の言いなりになるのは、気に食わないというところではないのだろうか。

紅花が警戒していると、九曜が再び銭嚢を取りだして、桂香に銭を握らせた。

「これで口は軽くなったか」

掌に置かれた銭を見て、ふふと桂香が笑みをこぼした。機嫌は直ったとみえる。

「なにが聞きたいの？　私が誰と一緒だったかって？」

「周烈か？」

「あら？　知ってるの？」

桂香がわずかに目を見開いた。

「一緒にいたのか？　時刻は？」

にっこりと桂香が笑う。自慢げな表情だ。

「一昨日の夜から、昨日は一日中、離れなかった。愛されてるから、私」

「明言できるか？」

「店の者に聞いたっていい。明言できる」

九曜が強く足を踏み鳴らした。

「すべてが作り話だ！　おまえの話には、一片の真実すらない！」

「なんだったら、もう黙りますけど？　私は、お話しして差しあげているんですよ」

桂香は嬉しそうにして、言葉を撤回しない。不遜《ふそん》な九曜が狼狽しているのが見ていて楽しいのだろう。性格のよい人ではない。

九曜が唸り声をあげた。

「どうして周烈を守るんだ」

「だって、大好きだからよ。当然でしょう？」

桂香は声を出して笑った。桂香の言葉は真実なのか、わからない。ただ、嘘だとしたら、大好きだからという理由で真実を捻《ね》じ曲《ま》げていることになる。

「主人に話を聞く！　それからおまえの房室をたしかめる！」

九曜の言葉に、桂香は平然としていた。

「お好きになさって」

紅花は九曜と桂香とともに客室を出た。

「主人はどこだ！」

「ここでございます。九曜様、どうなさったのですか？　楼内でさわぎはご遠慮いただきたいのですが」

主人が狼狽して駆けよってきた。

「桂香は昨日どこにいた？」

「お客様のことは話せません」

「桂香からは、周烈といたと聞いたが真実か？」

主人が鋭い視線を桂香にむけた。桂香は決まりが悪そうな顔で、視線を避けるようにして紅花の背後に立った。

「もうご存じなのでしたら、……そう、ですね。昨日は周烈様とともに過ごしておりました。ずっと桂香の房室にこもっていらした」

「なにを見ている！　それでも楼主か！　自分のところの女すら把握できぬとはな！」

「えっ？」

「桂香の房室をあらためさせてもらう。どこだ？」

主人が桂香のほうに視線をむけた。困った顔をしている。

「わ、私はいいですよ」

桂香の言葉に、主人が進み出た。

「ご案内いたします。こちらです」

「行くぞ、紅花！」

九曜に呼ばれて、紅花も歩きはじめた。妓院のなかは静謐《せいひつ》だ。ときおり、妓女たちの笑い声が聞こえてくるがそれだけだ。夜に備えて、休憩しているのだろう。

休息を妨げるのは本意ではない。

紅花は足音を殺した。階段を登る。桂香の房室は三階にあった。房室に入る。豪奢な寝台と、化粧台が目に入った。

「ほら、なにもないわよ」

「それを決めるのは、ぼくだ！」

九曜は房室のなかをずんずんと進み、窓から外を眺めた。

そのまま、九曜はひらりと外に飛びだしていった。

紅花はあっと息を呑んだ。主人はうわぁと声をあげている。急いで窓辺に駆けよった。下を覗《のぞ》く。九曜の姿はどこにもなかった。二階か、一階の窓から、房室のなかに入りこんだとみえる。

なんて無茶を！

紅花はぎゅっと窓枠を摑んだ。ためらっている暇はない。同じように外に身を乗りだす。そうしないと九曜に追いつけない。九曜は止まることのない性格だ。いつだって先へ進んでいく。ためらっていれば置いていかれる。

眼下には庇《ひさし》が優美に広がっている。瑠璃瓦《るりがわら》は陽光を受け、まぶしく波打っている。

紅花は意を決して庇の上に飛び降りた。情けなく転がり落ちないように、神経を足の裏に集中させる。跳ねあがった屋根の先を飾る鰲魚《ごうぎょ》たちに、何事だと見られている気がした。

九曜はどこ？

丸瓦に足を取られないように進む。軒先に手をかけて身を乗りだす。覗きこんだ階下の房室はよく見えない。だけど早口の声が聞こえてくる。

「待って！」

九曜の声が遠ざかる前に、紅花は屋根から飛んだ。主人の叫び声が聞こえたのは投身かと思われたからだろう。

紅花の手はしっかりと軒先を摑んでいた。童子の頃、こうやって木登りをして遊んだことがある。枝から枝を伝っていく要領だ。

小身な体は宙でひらりと回転し、階下の房室に飛びこんだ。墻窓《しょうそう》が開いていなければ蹴破《けやぶ》ればいい、そのくらいの勢いをつけた体は、花毛氈《もうせん》の上で転がった。

「なにをしているんだ、紅花」

九曜の呆《あき》れた声が頭上から降ってくる。

「あなたのせいでしょ！」

「そう、あなたが紅花ね。さっきからさわがしくしていたのは」

房室には赤茶髪の婦人が九曜の腕を掴んで立っていた。髪を結いあげ、金の簪をさしている。形のよい眉を怒らせ、目を吊りあげて、唇にはうっすらと笑みを浮かべていた。臙脂《えんじ》の絹でできた袖の大きな衣に、刺繍をほどこした上着を羽織り、黄色の下衣を穿《は》いている。美麗な人だ。

「あなたは？　九曜になにをしているの？」

「私は柳宇《りゅうう》。劉天佑の女と言えばわかるかしら？」

上の立場を確信したような笑みを浮かべた。紅花は息を呑んだ。

九曜が以前、天佑には婦人が三人いると推理した。天佑は、婦人たちとは縁を切ったと言っていた。けれど、相手があることだから、そうはいかなかったとみえる。

なんだ、そうなのか。

紅花は苦笑して、九曜の空いているほうの腕を掴んだ。

「天佑様と懇意にされておられるのですね。それは理解しました。だけど私には関係のない話です。早く九曜を離してください」

柳宇は紅花をじろじろっと凝視して、鼻を鳴らした。

「関係ない？　まぁ、そうね。あなたみたいな小姑娘を相手にしたりはしないわね。だけど、天佑様はお優しいから、みんなが勘違いするのよ」

艶《あで》やかな笑みを見て、紅花は柳宇に強い視線をむけた。

「天佑様が優しいだけの御仁ではないと、私だって知っています。さぁ、九曜を離してください！」

柳宇が腕を組んだ。

「嫌よ」

「なぜです！」

「そんな喪服姿で、なにをしに私の房室に飛びこんできたわけ？　それがわからないままでは、逃してあげない」

九曜が舌打ちをしたが、すぐに、にやりと笑った。

「葬儀帰りなだけだ。真上の房室にいる桂香の客が、昨日どこにいたかが知りたい。重大な犯罪にかかわるんだ」

「とうとうなにかやらかしたわけ？」

「心当たりがあるのね！」

「桂香の客って、周家の長男の周烈様でしょう？　昨日どころか、この桂香を訪ねたときはたいてい、房室を抜け出てどこかに行ってるのよ」

耳をくすぐる音色のように笑って、柳宇が窓の外を指さした。

「周烈様は、縄を伝って降りていったわ。いつだったか、私と目があって不愉快な顔をしていたのを覚えている。一階の子も気づいているでしょうけれど、みんな黙っていてあげたのよ」

「異変には気づいていた？」

妓院にも規則があるのではないだろうか。房室から客が抜けだしているのに気づいたら、主人には報告しそうな気もする。なにゆえなにも言わずにいた。

紅花の心中に気がついたのか、柳宇が肩をすくめた。

「さわいだら、いらぬ怨《うら》みを買うでしょう？　周烈って男は怒らせたら怖そうだったし、そんな男を桂香は愛していたし……」

「桂香さんに、周烈さんがどこに出かけていたのか聞いてみます！」

紅花は駆けだそうとした。本人に話を聞いたほうが早い。

「ねぇ、待って！　あなた、天佑様のために、なにができる？」

紅花は急く心を抑えて、振り返った。

「なにとは、どういう意味ですか？」

「天佑様のためなら、私ね、なんだってするわ」

じっと見つめてくる。その瞳は、嘘偽りを許さない。誰かのために、そこまで強く思えるのは激烈な感情があるからだ。紅花は素直に感じ入ってしまった。紅花は恋愛がよくわからない。わからないものには身を投じられない。

「答えて、紅花。天佑様のためなら、なにができる？」

柳宇からは、挑発ではなく必死さが伝わってきた。

紅花は己の心に問うた。

「そうですね、私は……」

「いやっ、やっぱり聞きたくない！　もう行って！」

柳宇が九曜を離した。紅花はあっけにとられた。柳宇がくるりと背をむけて、足早に去っていった。

「紅花、なにをしている。いくぞ」

九曜の声に我に返って、紅花は眉をぎゅっとよせた。

失礼な人だ。天佑様は、彼女のどこが気にいっているのだろう。

上の階に戻り、桂香と主人に周烈の行き先を尋ねた。二人とも「知らない」と言った。

桂香は主人に「なんでおまえが知らんのだ！」と責められ、泣きながら床に膝をついた。

「人目を憚《はばか》る場所に通っているのだと思っていたけれど、嫌われるのが怖くてなにも問えなかった」

桂香は主人にさらに詰問された。

「わからない」

桂香はそればかりしか答えなかった。怒りを目尻ににじませる主人に、「今日は帰ってくれ」と促《うなが》されて九曜と紅花は妓院を出た。

「周烈が怪しいことが怪しい。だが、今はそれを利用しよう。石英に報告だ。今なら役所にいるはずだ」

紅花と九曜は流しの舟に乗った。そのとき、紅花は異様な視線を感じた。刺すように痛い視線だ。よほど怨みが深いとみえる。振り返るが、またしても誰もいない。

「どうした？」

「ねぇ、九曜。やっぱり、誰かに見られている気がするの。心当たりはない？」

風に靡《なび》く髪を弄びながら、九曜が肩をすくめた。

「ありすぎてわからん」

「そう言わずに考えてみてよ」

「遠巻きで見ているうちは気にするな。攻撃を仕掛けてきたら撃退するまでだ！」

わかっていない。紅花はもどかしくなった。戦は事前準備が大事だ。攻撃を仕掛けられてからでは遅い。

私がしっかりしなくちゃ。

舟は役所街に差しかかった。建物は大きく、歴史が感じられる。人通りは少なく、静かだ。

九曜とともに舟をおりる。喪服姿だからか、すれちがう官吏たちに驚いた目をされた。

凶事を思い起こさせるものだから、好ましい格好ではない。だが、着替えている暇はなかった。

開封の役所は、都の中心地にある。瓦屋根が光を浴びて美しい。見上げるほど絶巧な建物だ。九曜は駆け足で役所の入り口の階段を駆けあがり、影になって少し暗い館内に入っていった。

「周烈を捕らえろ！　ぼくは、高九曜だ！」

九曜が近くの官吏に、喚きながら訴えた。

まもなく、楊律と石英があらわれた。

「それで、証拠は見つけたのか！」

「ああ、そうさ、石英！」

視線で指示されて、紅花は懐から簪の上部を取りだした。

まわりの男たちの視線が、簪に集まった。

「どこで見つけたんだ」

楊律が熱のこもった口調で言った。

「周烈の房室だ」

「よく通してもらえたな」

感心したように楊律が簪に手を伸ばした。正当な方法ではなかった。少し気まずかったが、紅花はそのまま渡した。

「許可なんて、もらえるわけないだろ」

九曜が楊律を馬鹿にするように笑った。あっさり明かしてしまうので、紅花は息を呑んだ。

「忍びこんだのか」

楊律が目を細める。隣で石英が額を押さえた。

「そうでもしなければ見つけられなかったんだ。それで、どうだ、遺体から見つかったものとぴったり一致するはずだぞ！」

「石英殿が持っている。合わせてみよう」

楊律が簪の上部を持って、石英にむけた。石英が懐から簪の下部を取りだして、二つを合わせた。

二つの欠けた簪は、ぴったりと合って、ひとつになった。

ぞくっとしたものが、紅花の背を走っていった。

「昨日、周烈は、馴染《なじ》みの妓院から飛びだして、どこかに行っていた」

九曜の言葉に、石英と楊律が視線を交わした。

「周烈を捕らえるぞ！」

楊律が部下と思しき官吏たちに命じて、さっそく役所を出ていった。

「ご苦労だった。帰っていいぞ」

石英にそっけなく言われて、紅花と九曜は目を見あわせた。

「最後まで見届ける。なぁ、紅花」

「そうね。真相をあきらかにしてほしい」

とくに、周烈が妓院から飛びだして、どこでなにをしていたのか知りたい。紅花は九曜とちがって、周烈が犯人なのではないかと疑っている。最後まで見たい。

「まぁ、いい。好きにしろ！」

石英が、煩労が重なりもううんざりだという顔で言ったので、紅花たちは好きにすることにした。

3

縄で拘束された周烈が役所に入ってきた。髪や衣服が乱れている。だいぶ時間がかかるなと思っていたが、抵抗したとみえる。紅花と九曜に気づくと、鋭い視線で叫んだ。

「私じゃない！　おまえたちの誤解だ！」

「ぼくは誤ってなんていないさ！」

九曜が高らかに言った。九曜は周烈が犯人だとは考えていないはずなので、この言葉は挑発なのだろう。

「疑われていると気づいて、とっさに虚偽を口にしただけだ。捕まりたくなかったんだ。私は弟を殺しておらぬ！」

九曜が腰に手をあてて周烈をじろっとにらんだ。

「では、誰が殺したと言うんだ」

「そんなことは知るか！」

「白状せねば、おまえが処刑されるだけだぞ！」

「事実、知らないんだ！」

周烈は怨みがましい瞳で九曜を見て、牢獄に引きずられていった。

「周烈様の話って……聞き流すことはできないよね」

殺害を否定していった周烈は、真実を語っているようだった。しかし、人は自分をも騙せる生き物だ。なにを信じればいいのだろう。迷いながら紅花は九曜を見た。

「そうだな。真実、犯人ではない。けれど、あの男はなにかを隠している」

九曜が神妙な顔をした。

「隠しているなら、今言うべき時よ」

「周烈は桂香の房室を出て、どこに行っていたのだろう。弟を殺しに行っていたとは考えにくいが」

いや、周烈が弟を殺しに行った疑いはある。だけど、九曜は認めない。周烈の態度を見て、紅花も揺らぎつつある。周烈でなければ、ほかに犯人が存在するわけだ。

「明日やることは決まりだね。とことん調べよう」

紅花と九曜は役所を出た。街の風景を眺める。行きかう人たちが闊歩《かっぽ》している。竈《かまど》の煙が立ち昇り、晩餐《ばんさん》の準備が始まっているのだと教えてくれる。行商人たちも家に帰ろうと、店じまいをしていた。

九曜と舟に乗って許家にむかう。思ったより遅くなった。家を出てきたと誰も気づいていないとよい。こっそり戻れるのが一番だ。けれど、奴婢は食事の準備が整ったら呼びに来るし、家族の誰かは紅花の様子を見に部屋に来るだろう。

迫りくる未来からは逃れられない。

紅花はふいっと顔を背けた。そのとき、視線を感じた。鋭く、ねっとりとしている、怨みのこもった視線だ。

すばやく視線のほうを見たが、姿はない。

風景が流れていき、視線は感じられなくなった。

なんだろう。すごく、嫌な感じがする。

紅花は隣に座る九曜をじっと見つめた。

「ねぇ、九曜。このところ、誰かに観察されているような気がするのだけど」

「ぼくは微塵も感じないな」

九曜は前を見たまま、あっさり明言した。

それじゃあ、私の間違い？

紅花は背後を振り返り、気にしすぎだと自分に言い聞かせた。

「紅花、ぼくを見ろ。そんなに他人の視線が気になるのか？」

九曜が紅花を見た。紅花は九曜を安心させるために、作り笑いを浮かべてみせた。九曜が少し驚いた顔になった。

「いつもの君の笑いかたじゃない。なんだ、怖いのか？」

「え、ちがう。むしろ、どんな相手か気になってる」

危険を察知すると、ぞくぞくと快楽がこみあげてくる。熱い衝動に、体がぶわりと膨《ふく》らんだような心地になる。口に唾《つば》があふれ、手に汗を握る。興奮が抑えられない。

「危ういまねが好きだものな」

「そう。そういう性格」

紅花は片目を瞑《つぶ》ってみせた。九曜が笑みを浮かべて、船頭に「星隘路によってくれ」と告げた。紅花には聞き覚えのない言葉だ。

「家に帰らなくちゃ。九曜、どこに行くの？」

「座っていればわかる」

気になったが、黙って座る。どこにつれていかれるか、想像するのも愉快だ。九曜ならきっと、驚くべき場所に案内してくれる。確固たる自信があった。

闇が落ちていく街を眺めながら、紅花は舟に揺られた。こんなふうに夜が来る風景を眺めるのは久しぶりだ。空が瞬きはじめ、地上にも灯《とも》りが点《あか》る。

開封の都はすっかり夜になった。

「星隘路ですよ」

船頭が渠水の角を曲がりながら告げた。紅花は身を乗りだした。

渠水は北に延びており、左右の川岸には古い街路の商店が並んでいた。商店の軒には赤い提灯《ちょうちん》が吊るされている。

川面《かわも》には、提灯の赤が点々と浮かんでいた。紅花の視線は自然と川面を走った。正面には、遠く繁華街の光が見えた。さらに目を上にあげると、満天の星が煌めいていた。

「この街にこんなに美しいところがあったなんて……」

天の星だけでなく、水面に映る川の星々までもが数えきれないほど輝いている。

眩い光に、紅花は目を細めた。

「美しいと聞いていた。どうだろう。嬉しいか？」

期待に染まった声だ。こういうとき、紅花は九曜を素直だと思い、自然と笑みが浮かぶ。九曜が、心の柔らかいところをさらけだしてくる。そんな九曜を、微塵も傷つけたくない。その純真さのままでいてほしい。

「ここに来られてという意味？　それだったら、当然」

「そうか！」

前のめりで、喜びに満ちた表情だ。素直で、可憐《かれん》だ。もっと喜ぶところが見たくなる。

「でもね、九曜」

「なんだ？」

九曜がどこか不安そうに続きを急かしてくる。

天上と地上の星々を眺めながら、紅花は九曜に微笑んだ。

「私を喜ばせようとしてくれた心情が、あなたのその気持ちが、とても嬉しい」

4

舟は許家の前に到着した。紅花は九曜に別れを告げて、ひとりで家に戻った。別棟にある自室にむかうと、扉の前に奴婢が立っていた。紅花に気づいて走ってくる。

「紅花お嬢様、どちらにいらしたのですか！」

「知らないほうがあなたのためなの」

奴婢を宥《なだ》めるが、納得はしていない様子だ。

「皆様が居室でお待ちですよ」

黙って外出していたことに気づかれている。紅花は、居室にむかって走った。少しでも、家族を待たせている時間を減らしたかった。そんなことをしてもいまさらだともわかっていたが、そうしないではいられなかった。

扉を開けると、祖父と父と母、姉が円卓に地図を広げて難しい顔をしていた。もしや、家からいなくなった紅花を、探そうとしていたのか。

紅花は喉をうならせた。

「そんな格好で今までどこに行っていた！　おとなしく房室におれと命じただろう！」

「心配したのよ」

紅花は頭を垂れた。祖父の怒鳴り声なら肩をすくめてやりたくなったが、母の心配そうな声には逆《さか》らえない。

「すみません……」

「なぜ言いつけを守らんのだ！　劉家との婚姻もようやく日取りが決まったというのに、おまえはおとなしく待つこともできぬのか！」

殊勝《しゅしょう》な気持ちなど、祖父のこの一言で消し飛んだ。紅花は急いで頭をあげた。

「おじい様、お伺いしたいことがあります！　私が天佑様のもとへ嫁ぐという話は本当なのですかっ？」

「そうだ」

「そのような話、私は聞かされておりません！」

「あたりまえだ。聞かせれば嫌がるのは目に見えておったからな」

「そんな……！」

紅花は奥歯を噛んだ。ぎ、という鈍《にぶ》い音は自分の心の軋《きし》みのようだった。

「娘のためによい嫁ぎ先を探すのは親の務めだ。もっとも、今回骨を折ったのは頼りないおまえの親ではなくわしだがな。劉家も喜んでおまえを迎えると言ってくださっておる、ありがたいと思え」

婚姻が家と家の取り決めであることはわかっている。子供の結婚相手を親同士が決めることなど珍しくもない。結婚の当日まで相手の顔も知らないということもある。

それでも、今胸の奥底からわきあがる憤りは抑えられない。

「私はそんなことなど望んでいません！　いったい、いつの間に！」

「いつの間にもなにも、わしがここへ来たのはそのためだ」

悲鳴のような紅花の問いに、祖父は腕を組んで言葉を返した。

「前々から跳ねっ返りの孫を早く片づけねばならぬと思っていたのだ。今のままではこの先悪評ばかりが立つのは目に見えておる」

それなのに親たちはおまえを甘やかしてばかりで、とその目が父と母にもむけられる。

二人が、申し訳なさそうに項垂《うなだ》れる。紅花はごくりと唾を飲みこんだ。

父も母も、それがよいことだから紅花を自由にさせてくれていると思っていた。なのに
どうして今祖父に言われるがままになっているのか。

どうして私を自由にさせることが、そんなにも悪いことのように黙っているのか。

「貰《もら》い手《て》のない娘ほど哀《あわ》れなものはおらん。そうなる前に行き先を決めてやるのが上の責務というものだ、喜ばれこそすれ、嫌がるなど愚かにもほどがあるぞ紅花！」

「私は嫌なものは嫌なのです！」

紅花は全身を震わせて叫んだ。

「それに、天佑様には懇意にされているご婦人が、すでに三人もいらっしゃいます！」

目を見開いたのは父母と姉だけだった。祖父は訴えを鼻先で笑い飛ばした。

「なんだ、そんなことか」

「おじい様！」

「ご身分のある男であるのなら、そのようなことなど当然だ。間違えるな、それでも劉様はおまえを正妻にしてくださるというのだ。なんのとりえもない小娘の分際でありがたいと思わずにいてどうする！」

「そんな！」

「黙れ！　これ以上の口答えはもう許さん！」

言い募ろうとするよりも先に、祖父は紅花を鋭く見据えて怒鳴りつけた。

「劉家には本日人を使わして、鋪房《ねやごしらえ》（嫁入り用に飾った部屋）の用意も整えさせた。明日こちらへやってくる迎客に贈る反物も用意してある。なのにいまさら我儘《わがまま》を言って、双方の家名に泥を塗るつもりか！　そのような無礼はこのわしが許さん！」

紅花は額に手をあてた。眩暈《めまい》のする思いだった。

そういえば、おじい様が来てから贈り物の量が増えていた。高価な季節の品や酒などが飾られていた。てっきりそれは姉の婚約者からのものだと考えていた。

まさか自分宛《あて》のものだったなんて。

紅花はまわりを見渡した。父も母も姉も黙っている。誰も目をあわせてさえくれない。皆、私になにも言ってくれなかった。なにも教えてくれなかった。

「ひどい……」

足元がなくなってしまったような感覚に身が竦《すく》んだ。このまま奈落《ならく》に落ちてしまうような気にさえなる。絶望というものを紅花はこのとき深く味わっていた。

「なにがひどいものか。心得違いもいい加減にしろ愚か者め」

祖父の苦々しい声は、そのまま紅花の耳に重く響く。

「おまえのような跳ねっ返りにはもったいない貰い先が決まったのだ。もっと喜べ」

婚礼の式は明日。そう言われて、紅花は声を出すこともできなかった。

昨夜、九曜が家に来てくれた。

祖父の言葉に、九曜はなにも言わなかった。けれど、その眼光には強さがあった。覇気があった。祖父は言葉を失った。眼光のみならず、そのたたずまいは凜としており、格のちがいというものを紅花は肌で感じた。それは祖父も同じだったのだろう。

でも、結婚は避けられない。わずかな猶予があっただけだった。

ほんの少しでもいい、紅花のやっていることに意味があると思ってくれるかと期待した。

祖父は、本当に、微塵も紅花に興味がない。

5

夜が明けて、窓から射しこむ光は濁りなく輝いていた。

きっと今日は快晴なのだろう。願ってもない婚礼日和だと祖父は喜んでいるだろうか。

紅花の心はいっこうに晴れない。

冠を被り、紅のうちかけを被った催粧《こしむかえ》と呼ばれるその姿を見て、劉家から来た世話人たちが『一輪の花のように美しい』と褒めてくれたが微塵も嬉しくなかった。仕事を終えた世話人たちは、別室で茶や酒のもてなしを受けている。きっと祝儀も弾んでもらっているはずだ。

まとっている絹地はその軽さからだけでもどれだけ高価なものかがわかる。さらに上等な白粉《おしろい》に紅まで贈られた。きっと普通の娘なら泣いて喜ぶのだろう。先日会った明明を思い出す。今を幸せだと言っていた彼女は、このときも喜びに胸を膨らませていたのだろうか。

紅花は部屋にある鏡に目をむける。映っている自分の顔は曇っている。ぎゅっと両手を握りしめた。爪《つめ》が肌に立つ。けど力はとまらない。

自分の人生の重要な岐路を、自分以外の人に決められてしまうのが悔しい。

こんなものなんかいらない。こんな格好なんかしたくない。

私は、普通の女の子になんてなれない。誰かの所有物にもなりたくない。

危険が好きで、冒険が好き。昔からそうだった。だから血なまぐさい戦場にも行った。後悔はなく、やりがいと生きている実感があった。

誰と語り、笑い、なにをするかは自分で決めたい。

束縛は嫌だ。私は、女を家に縛りつける結婚なんか、したくない。

なのに外から楽の音が聞こえる。きっと、婿《むこ》方が花嫁を迎えるために用意した車がやってきた。賑やかな音色が紅花には、敵襲を告げる銅鑼《どら》の音のように聞こえた。

門の外では「催粧」の楽の音が高らかに鳴り響いている。人々が集まる気配もする。花嫁を一目見ようと近所中の人々が集まってきたにちがいない。紅花は足が固まるのを感じた。車に乗ってしまえばあとは劉家に行くしかない。その門を潜ってしまえば、きっと出ることもままならなくなる。

家のなかに閉じこめられて、自分を殺して、夫と子のために尽くす生きかただ。

天佑が懇意にしている女性、柳宇に問われた言葉が蘇る。あのとき、紅花は、彼のためになにができるのかを問われた。

天佑様のことは嫌いではない。好ましい人だ。尊敬もできる。助けを求められたら、応じたい。

けれど、すべてをなげうって天佑のためだけに生きるのはできない。そのことをはっきりと自覚する。

色々考えたけどやっぱり嫌だ。どうにかしなければ。早くここから逃げださなければ。

だが、部屋の扉の前に容赦なく誰かが立つのがわかる。

「紅花。もう用意はすんだ？　皆様がお待ちかねよ」

どこか慎重な母の声だ。

「いえ、まだ」

紅花は慌てて返事をした。

「もうちょっとだけ待ってください。衣裳《いしょう》がまだ」

「どうしたの？　手伝ってあげましょうか？」

「いえ大丈夫です！　すぐに終わらせますから！」

こんなものはただの時間稼ぎだ。いつかは扉を開けられる。そうしたら否応《いやおう》なく連れだされる。産まれてから今まで育った家から。その後は、劉家に押しこめられる。

天佑様の家を好ましいと思ったのは、あのかたの人となりが感じられたから。けどあそこは私の家ではない。檻の主と添い遂げるつもりもない。

嫌だ、行きたくなんかない。

焦りから額に汗が出てきた。化粧が崩れるけど構うものかと手で拭った。

こんな事態なんかとうてい受け入れられない。いや、受け入れてなんかやらない！

紅花は椅子から立ちあがった。こんなところでもたもたしていられない。逃げなくちゃ。でもどこから、いったいどこへ。

門の外の賑わいが大きくなっていく。花嫁がなかなか出てこないことに、供人たちが焦《じ》れはじめたのかもしれない。祖父の声が聞こえた気がした。きっと祝儀を渡してご機嫌をとっている。

そうだ、逃げるなら今のうち。今ならおじい様の目もここにはむけられていない。

ごめんなさい母上。

紅花はきっ、と部屋の窓を見た。長すぎる裳裾《もすそ》をたくしあげる。はしたないなんて言っていられない。なんとしてもここから出なければ。

その刹那、甲高い音がいくつも聞こえた。

ここが戦場なら納得もいった。あれは火薬が弾けた音だ。その証拠に部屋のなかにまでつんと硝煙の臭《にお》いが鼻をつく。外は大さわぎになっているようだった。いくつもの叫びや泣き声が聞こえてくる。

「紅花、無事っ？」

扉のむこう側では母の声がする。だが、扉が開かないのはきっと腰が抜けてしまっているからだろう。この街に住むほとんどの人は戦場のことを知らない。だから皆は混乱している。けれど紅花にとってこれは、まさに願ってもいない好機だ。

紅花は裳裾を手で摑んで走りだした。窓を開けて転がり出るように外へ飛びだす。

煙の臭いがつんと鼻をつく。目にも染《し》みて涙がにじむ。

「こっちだ！」

背後から誰かが紅花の肩を摑んだ。

反射的に姿勢をかえ、一挙動でその相手にむきなおった。

「ぼくだ！」

とっさに彼が声をあげなければ、そのまま手甲で鼻柱を叩きのめしていた。一歩踏みだした姿勢のまま、辛《かろ》うじて紅花は一撃をとめた。

「九曜、あなた!」

いつもとはちがう、動きやすい単衣《ひとえ》という姿でも、見間違えるはずがない。癖のある髪の毛をひとつにまとめて、九曜は紅花の腕を摑んだ。

「急げこっちだ!」

なにをしているの、なにをしに来たの、色々問いたい言葉はある。

だが、次の瞬間紅花は九曜のあとを追うように走りだしていた。ここから逃げだせる。その思いが体全体を突き動かしていた。

走りながら、九曜は紅花の頭に手をやった。音をたてて冠が落ち、紅の絹布が宙を舞う。彼は自分の衣を一枚脱いで、代わりに紅花の肩に投げかけた。

そのまま岸辺にむかった。舟が停まっている。なにも考えず、紅花は岸を蹴った。

舟が動きだしてから、九曜はやっと紅花を見た。胸を大きく上下させて息を吸っている。

「君ならきっと、家を逃げだそうとしていると思った」

はあ、と体を二つに折って大きく息を吐きだしてから、九曜は顔をあげた。いつもの人を食った笑みが浮かんでいる。

「だとしたらぼくの助けがいる、と。そうだろう?」

紅花はごまかさずに笑った。

「そのとおりよ。逃げだそうとしていたけど、ひとりでうまくやれるかどうかわからなくて困ってた」

「……ぼくが来て、よかった?」

「ええ、……ありがとう」

紅花は笑顔で応えた。こうして逃げられたのは九曜のおかげだ。まさか彼が助けに来るだなんて思いもしなかったけど。

「どうやったの?」

「簡単なことだ」

「そうは思えないけれど」

九曜がくすぐったそうに目を細めた。

「君の家の前はご祝儀目当ての子供たちで賑わっていた。そのなかの何人かをそそのかして、爆竹を仕掛けたんだ。ただし、ぼくが作った特製のやつをだ。音も煙も普通のものとは比べ物にならない」

「本当に……。戦場に戻ったのかと思った」

「戦場帰りの君からのお墨付きがでるとは嬉しいな」

「だって本物そっくりだったから。敵の襲撃を受けたみたいだった。あんなことをして、あとで怒られても知らないわよ」

「けど君は結婚したくなかったんだろ？」

紅花の指摘にも九曜が動じる様子はない。九曜は舟底に座りこんで、そのままぐるりと天を仰いだ。

「君はぼくの主治医だからな。誰にも渡さない」

幼子《おさなご》のような独占欲だ。でも、一匹狼《いっぴきおおかみ》のような九曜に、必要とされるのは嬉しい。

紅花も九曜と同じように座りこんだ。仰いだ空は抜けるように青かった。

きっと家は大混乱だろう。自分がいなくなったこともさすがに気づかれているはず。祖父はどれだけ怒っているだろう。

もう家には入れてもらえないかもしれない。そんな思いがふと胸をよぎった。けど、それは流れる雲のように軽い恐怖でしかなかった。

それはきっと九曜が隣にいるから。そんなことに気づいた紅花はふふ、と小さく笑った。九曜が訝《いぶか》しげにこちらへ目をむける。けど今は言ってやるつもりはない。

第三章

囚《とら》われの花

1

鳥の声で目覚めた。紅花は急いで瞼を開く。光がまぶしい。

目をこらしてあたりをうかがった。

簡素だが質のよい木材でできた寝台と、書物があふれている棚や机がある。散らかっている。けれど、物があふれた居室は主の人となりを表している。書物は知識を与えてくれる貴重なものだ。紅花は、そんな主の好きなものに囲まれて、ふわりと体から力を抜いた。

「起きたか、紅花！」

房室に九曜が入ってきた。ここは高家の亭子だ。入っていいかと問うこともせずに傍《ぼう》若無人《じゃくぶじん》なのは、紅花がいる房室が彼の亭子だからというよりは、性格によるものだろう。

「おはよう。朝から元気ね」

昨日は高家の亭子に来てから、九曜のこれまで解決した事件の話をしてもらった。祖父のやりかたには怒りを覚えていたから、まとわりつくような負の感情から逃避できてよかった。両親や姉のことは考えたくなかった。

事件の話を聞きながら、いつの間にか眠ってしまったようだ。九曜か奴婢が、寝台に運んでくれたのだろう。

「食事を持ってきた。食べろ」

九曜が手にしていた盆に視線をむけた。器がひとつ載っている。

「あなたは先に食べたの？」

「ぼくは食べない。捜査中は、そう決めている。食べると考えが鈍くなるから」

「あなたもちゃんと食べて」

「嫌だ」

ふいっと顔を背けられた。

「もしかして、食べさせてあげないといけないとか？」

からかい半分、本気半分で問いかけると、

「そんなの無用だ！」

視線が紅花を射貫《いぬ》いた。強い眼光に、紅花はにっこり微笑んだ。

「ねぇ、一緒に食べよう。そのほうがおいしいよ。お願い、九曜」

「……君が、そこまで言うのなら」

九曜が視線を左右にうろつかせた。

よかった。九曜が自分の願いを聞いてくれた。

「匙がいるわね」

盆の上には匙がひとつ置いてあるのみだ。

「ここにある」

九曜が書物や試験器具が散乱する卓を乱雑に探って、匙を見つけた。

「なにに使った匙？」

「まだなににも使っていないものだ。安心しろ」

安心できない。だが、それ以上しつこく言うと機嫌を損ないそうだったのでやめた。とにかく、細身の九曜になにか食べさせるほうが先だ。

「あなたって、熱いの苦手？」

どちらが先に半分食べたほうがいいかと考えながら問いかけると、思考をすっかり読んだのか、九曜が肩をすくめた。

「君が先に食べていい」

「私に譲ってくれるの？」

「そうだ。早く食べろ」

「いただきます」

紅花は器を手にして粥を匙で掬った。いい香りがする。ごくりと喉が鳴った。そのまま口に運ぶ。

「おいしい。これ、ただのお粥じゃないでしょ」

九曜を見上げると、にっこりしていた。満足そうで、自信がみられた。紅花が言いあてたことがそんなに嬉しいのか。童子のようだが、可愛い反応だ。

「君が食べ慣れているのは、水に塩を入れたものだろう。ぼくが作らせたものには、蝦夷盤扇貝《ほたてがい》と生姜《しょうが》と葱《ねぎ》が入っていて、おいしいだけじゃなくて体が温まるんだ。……あの男よりも、ぼくのほうが、おいしい粥を用意してやれる！」

「あの男って……天佑様？」

「それ以外に誰がいる！」

九曜が叫んだ。紅花は、九曜の機嫌をそれほど気にはしなかったが、天佑のことを思うと胸が痛んだ。結婚するはずだった人。けれど、紅花は儀式から逃走した。祖父の面子《めんつ》が潰れるのはいまさらかまわないが、天佑の体面をも失墜させた。

天佑はひどく悲しんでいるかもしれない。でも、そうするしかなかった。紅花の存在を快《こころよ》く思い、先生とまで呼んで医師として認めてくれた人なのに、傷つけた。

嫌われたはずだ。想像すると、辛い。

ふと、亭子の扉を叩く音がした。

「なんだ！」

九曜が駆けよって扉を開くと、執事があらわれた。

「遣いが来ております。ある高貴なかたが、明珠娘《めいしゅニャンニャン》娘に御用だそうです」

「高貴なかたとは？」

「それが、今は明かすことができぬと」

九曜が顎に手をあてた。紅花は怪しげな遣いに、好奇を刺激された。

「どうするの、九曜？」

「……どうやら謎を持ってきたようだ。しかたがない、会うぞ！　正房に通せ！」

「でも、明珠娘娘に用があるのでしょう？　そうすると、あなた……」

「着替えてくる。君は、明珠娘娘のところに遊びに来ていた……明珠娘娘の友人とでもしよう」

「友人……それでいいの？」

友達と思ってくれているのか。体温が上がる心地がした。

九曜が腕を組んだ。

「しかたがないさ。許紅花は結婚式から何者かに攫《さら》われている最中なんだからな」

言葉が棘《とげ》となって胸を刺した。視線が落ちかけたが、紅花は慌てて平静を装った。

そうよね、実家から逃げだしたのだから、九曜の家にいると誰かに知られるのはよくない。別人のふりをするべきだ。

九曜は紅花をひとり残して、亭子を出ていった。

「あ、結局、食べてない！」

紅花は残りの粥を口に運んだ。とろりとした食感が口のなかに広がる。味は、さっきのほうが旨《うま》かった。九曜がいたときのほうが。どうしてだろう。冷めてしまったからかな?

紅花は残りを急いで食べて、卓に置いた。服を着替えてから、亭子を出る。殺人事件の謎も解決していないのに、九曜はどういうつもりなのだろう。

紅花は回廊を歩んで正房にむかった。大きな庇が朝日を浴びて輝いている。まぶしさに目を細めた。

正房の正面からそっと中に入る。少しひんやりとしている。朝日に慣れた目では、中が薄暗く感じた。

「あら、紅花様ですね」

卵の入った籠を持つ奴婢が、正房に入ってきた。

「おはよう。お客様がおられる居室はどこかしら?」

「こちらへ、ご案内いたします」

紅花のことは奴婢のあいだですっかり知れ渡っているようだ。

「お願いします」

紅花は微笑んで、奴婢の後について歩きだした。

高貴な人とは、どのくらいの地位にいる何者なのだろう。男だろうか、女だろうか。どうして明珠娘娘を訪ねようと思ったのか。見知らぬ人に会うのは緊張もあるが、中身の知れない箱を開けるような興奮がある。

私もずいぶん身勝手ね。

「失礼します」

奴婢が扉のむこうに声をかける。

「どうぞ」

扉が開いた。房室の中央に卓と椅子がある。男がひとり座っていた。きっちり黒髪を結いあげて、官服を着ている。二十代前半だろう。落ちついていて、涼しげだ。賢そうな額に、少し太めの眉、眼光は少し鋭い。

紅花に気づいて、男は立ちあがった。

「明珠娘娘ですか?」

「いえ、私は、明珠娘娘の友人の……」

なんと名乗ればよいのだろう。偽名などすぐには考えつかない。

困っていると、男が目を細めた。わけありなのを見抜かれたか。

「ご友人さんですね。私は、雲暁《うんぎょう》と申します。ある高貴な道士が、明珠娘娘に対面されたいと申されております。それで、明珠娘娘はどちらですか?」

「まもなくまいります。ここで私とお待ちください」

「そう、ですか」

紅花が椅子に腰かけると、雲暁も座った。沈黙が落ちた。だが、嫌な静けさではなかった。どこか懐かしい感じがした。

気持ちが落ちつく。なぜだろう。はじめて対面した人なのに。

じっと横顔を見つめたら、視線が交わった。思わず顔を背ける。

「失礼します。明珠娘娘です」

女装した九曜が髑髏を抱えて居室にやってきた。九曜が紅花と男を見比べる。

「私のことは、友人だと伝えました」

「なるほど。では、友人を供につれてまいります。よろしいですね？」

「かまいませんよ。それではまいりましょう」

「どこにむかうのですか？」

紅花が問いかけた。

「道教の寺院です。そこで、身分のある道士と対面します。ですから、髑髏など持ち歩かないでいただきたい」

「嫌ですわ」

九曜が髑髏を雲暁から遠ざけた。

「ご友人がいるのですから、髑髏は必要ないでしょう？」

「ねぇ、明珠娘娘、私は喋《しゃべ》れるし、あなたを守れる。私だけでは心許《こころもと》ない？」

「必要はあります」

「……私は……」

九曜がきゅっと唇を結んだ。紅花と髑髏を交互に見つめ、近くの卓に髑髏をそっと置いた。繊細な指が髑髏の頭部を撫でる。離れがたいのが見てとれた。

「道士とは誰です？」

九曜が、鋭い瞳を雲暁にむけた。髑髏と引き離した張本人に、憤りをあらわにぶつけている。

「詳しくは明かせないのですよ」

雲暁が嘆息する。

「なんの用なのですか？」

「道士から直接お話しするとのことで、私も聞かされてはおりません。私としても、どのような話なのかをあきらかにするように頼んだのですが……拒まれました」

すみませんと雲暁が謝罪する。

「尽力してくださったのですね」

紅花は雲暁を見直した。

「まったく、無能ですね！　私なら必ず聞きだしてみせます！」

「明珠娘娘！」

思わず九曜を窘める。

「なぜ私を責めるんです！」

「このかたは官吏であられるのよ。身分のあるかたには従うしかない。あなたのように自由ではないのよ」

「ふん！」

九曜がそっぽを向いた。機嫌を損ねてしまったようだが、紅花は慌てなかった。

しかたのない人ね。

「行きましょう」

紅花は微笑んで第宅を出ると、馬車に乗った。

馬車は朝日を浴びながら街路を疾走して、王宮に程近い道教の寺院の前で停まった。

道教の寺院は三階建てで、庇の長い屋根を支える柱には龍の彫刻がなされており、入り口には獅子《しし》がいて左右を守っていた。獅子は口を開いた一頭と、閉じた一頭だ。なにか意味があるのだろう。

九曜なら知っているかと横顔を見たが、振り返ってくれない。真剣な眼差しをまっすぐ前にむけている。べらべらとお喋《しゃべ》りできる状況ではなかったと思いなおした。

用件とはなんだろう。

道教の寺院のなかに入る。少し冷えていた。黄色と赤と青といった鮮やかな色で室内は塗られ、眩かった。視線を感じてあたりを見まわすと、道教の神々が厳しい顔をして紅花をにらんでいた。ここは人々の信仰が集まる場所だ。背筋が伸びた。

「雲様、お待ちしておりました」

道服を着た少女が奥からあらわれた。

「こちら、明珠娘娘と、そのご友人です」

雲暁の紹介に、紅花と九曜はそれぞれ挨拶をした。少女は落ちついており、どこか大人びている。道服を着ているからには、少女もまた修行を積んでいる身なのだ。

少女の案内で、紅花たちは二階へと進んだ。

「お客様がお見えになりました」

少女が扉のむこうに声をかけると、中から返答があった。

「お通しして」

雲暁、紅花、九曜の順番で中に入った。

道服を着た人物が机の前に座っていた。黒髪を頭の後ろで束ね、美麗で凛々《りり》しい顔立ちだ。男性だろうか。

「よく来てくれた」

道士は整った面持ちで軽く両腕を広げた。声音は高く、涼やかだ。

どんなかたなのかしら？

紅花は、とにかく失礼のないようにと、拝礼をした。

「明珠娘娘です。お呼びだと聞き、参上いたしました」

九曜の言葉に、道士が軽くうなずいた。

「明珠娘娘の活躍の声は私の耳にも届いておる。そなたの兄、髑髏真君の噂もな。周烈を逮捕するために尽力したとか。だが、犯行時刻、周烈はある人物と会っていた。口外してはならぬぞ、周烈には秘密の恋人がいる。私の友人だ。いずれしかるべき時に婚約して、結婚する約束をしている」

紅花は「えっ」と声をあげた。

「それでは、周烈様は犯人ではないというわけですか？」

「そうだ。だから、恋人の存在を明かさずに周烈の身の潔白を証明して、さらに真犯人を捜すのだ」

道士は真犯人がいると気づいているのか。紅花はちらっと九曜を見た。九曜は表情の読めない顔をしている。紅花は道士を見上げた。

「潔白の証明と、真犯人の捜索ですか」

「そうでなければ、私の友人は周烈と婚約できなくなる。友人が悲しむところは見たくないのだよ」

道士が腕を組み、憂《うれ》い顔になった。なんともいえない色香があって、紅花は見惚《みほ》れた。すぐにそんな自分に気づいて顔をふった。道士が軽く小首を傾《かし》げて視線をむけてくるが、紅花はなんでもないと微笑んだ。

「それでは、周烈様の房室に凶器の片割れがあったのは、どう解釈をつけましょう」

九曜が言った。硬い声だった。

「わからぬ。真実の犯人が、周烈に罪をなすりつけようとして密かに置いたのではないか？」

九曜がじっと考えに耽《ふけ》ったのがわかった。紅花はいつまでも待つつもりだったが、道士はそうではなかった。

「許紅花と髑髏真君が誤って周烈を牢に入れたのだ。だから私は、彼らではなく、明珠娘娘に頼みたい。引き受けるべきだと思うがね」

言葉が突き刺さった。九曜は簪が見つかったときから、犯人は周烈ではないと推察していた。それに、犯罪捜査の時間を捻出《ねんしゅつ》するために、身代わりとして、証拠品を所持していた周烈を牢に入れるようにした。だから、誤ったわけではない。

そう言いたかったが、言える立場にはないし、どんな言葉を使っても言い訳にしかならない。

「お引き受けいたしましょう！」

九曜が高らかに宣言した。強大な困難を前にして興奮する戦士のようだった。眼差しは強いが、笑みを浮かべていた。道士は九曜の返事に満足したのか、目尻をゆるめた。

「それでは、あとは頼む。よいな、雲暁」

「かしこまりました」

雲暁が綺麗な拝礼をした。九曜と紅花は雲暁とともに建物を出て、馬車にむかった。

「あまり無理はなさらないでください。お二人とも、ご自身が婦人であるとお忘れなきよう」

雲暁は少し厳しい口調だ。紅花は聞き流した。戦場で言われ慣れている。女だからお淑《しと》やかに、女だから控《ひか》えていろ、女だから――。どれも見返してやればいいだけだ。

九曜が雲暁を鼻で笑った。

「性別など関係ありません。私たちは冒険ができる友なのです。そちらこそ、私たちを侮っているんじゃありませんか?」

言い返すなんて。

思わず立ちどまって九曜を見た。雲暁はきょとんとしてから表情を消した。

「私が侮るですって?」

雲暁の声音に不快がにじんだ。九曜が歩みをとめて雲暁を見上げ、うなずいた。

「私たちは愛玩《あいがん》動物ではありません。可愛がっていただく存在ではないのです」

「そのようなふうに思っているとお考えなのですか？」

「ちがいますか？」

九曜と雲暁はにらみあった。紅花は二人のあいだに割って入った。

「二人とも、やめてください！」

雲暁は我に返ったのか、紅花にむかってにっこりと微笑んだ。だが、目は笑っていない。

「私はこれから公務がありますから、先に失礼します。明珠娘娘、どうか頼みますよ？　それでは、兄上と紅花小姐によろしくお伝えください」

雲暁は颯爽《さっそう》と去っていった。

2

馬車は高家の門前で停まった。九曜がおりて、紅花が続いた。高家の門を潜ろうとしたとき、紅花は鋭い視線を背中に感じた。

もう、確実だ。そう遠くないところから、誰かがこちらを偵察している。

紅花は通りの地面を蹴り、駆け抜けた。

「こそこそ隠れてじっと観察しているなんて、卑怯《ひきょう》者！　出てきなさい！　許紅花が受けて立つ！」

殺気が移動する。細い隘路へと入った。絶対に逃がさない。紅花は隘路に駆けこむ。表通りとちがって通行人がいない。

「待て、紅花！」

九曜の言葉は聞こえていた。だが、返事はしない。あと少しで捕まえられる。紅花は足をとめず、隘路を曲がった。

獲物を狩る猟犬の心地だ。口が自然と笑みを作る。足は軽い。どこまでも追い詰めてやる。

角を曲がる。ここにも人はいなかった。視線も感じられなくなった。

「誰かが見ていたはずなのに……」

勘が鈍ったのだろうか。紅花は後ろを何度も振り返りながら、元来た細い隘路の角を曲がった。

次の瞬間、体の毛穴がぶわりと開いた。

高家の門前にいたはずの九曜が見知らぬ男に捕まり、堵嘴物《さるぐつわ》を噛まされ、腕を後ろ手に拘束されていた。首筋には白刃を突きつけられている。

「九曜！」

紅花は九曜めがけて全速力で駆けた。門前であれば人を呼ぶこともできただろうが、人のいない隘路ではどうしようもない。

男が顔をあげて紅花のほうを見た。

奇妙な白い仮面をつけている。仮面には、黒く縁取られた瞳と、赤く歪《ゆが》んだ微笑みが描かれていた。さらに、男は青の長衣を着ていた。演劇の舞台に立つ役者のような、鬼神を思わせる禍々しい格好だ。背は九曜より頭ひとつぶん高く、ひょろ長い印象だった。

「大きな声を出すなよ、許紅花。この明珠娘娘……いや、高九曜の命を助けたければ、そなたが代わりに捕まることだ」

くぐもった声だ。どこか演技めいている。

九曜の変化《へんげ》を見破られている。どうしてそんな事が起きた。九曜が明珠娘娘の素顔であるとは、紅花のほかには知らないはずだ。

明珠娘娘だと皇后の前でも偽称した。真実が発覚したら極刑は免れない。ただ殺されるだけならましなほうだ、あらゆる拷問を体験することになるだろう。

覚悟はいつだって決めている。九曜とならどこまでも共にゆく。けれど、もう第三者に急所を知られるなんて。

紅花の背中を冷汗が流れた。男が九曜になにをするかわからない。

あの男が視線の主だ。ずっと見ていたにちがいない。

「私のことは、好きなようにすればいい」

紅花は男をにらみつけながら告げた。

九曜がうめき声をあげながら、暴れる。紅花は九曜にむかって、柔らかく微笑んだ。思い返せば、あの夜、九曜は蛍火の前でその身を危険にさらした。刃物に狙われる九曜を守るため、紅花は空蟬《くうぜん》を射殺した。ついこの前の話だ。

九曜は暴れて、男の気を引くことで、またその身を危険にさらそうとしている。今度は、そんなことはさせない。紅花のほうが、九曜よりも戦闘能力は高い。捕まっても、敵を倒して、逃げおおせる可能性は高い。

ならば、九曜を逃がして、紅花が捕まるべきだ。ほかでもない九曜のためなら、その決断ができる。

九曜のおかげで人生の底から浮上できたのだから。

紅花は男の前に立った。

男は紅花に刃物を突きつけた。刃先は揺れている。手首を摑んでひねったら倒せそうだ。けれど、九曜がいる。万が一でも九曜を傷つけられない。

「地面に伏せろ、九曜!」

男に命じられた九曜が、強い瞳でにらみ返しながら、しぶしぶと従った。男は九曜が地面に伏せたことを見届けると、懐から取りだした縄で紅花を拘束した。後ろ手に縛るやりかただ。それから、柔らかい絹布で猪嘴物を嚙まされた。

誰かが自分たちを見ていたのは気づいていた。もっと真剣に九曜を守っていればよかった。第宅の警戒を厳重にして、護衛をつけてもらうこともできた。自分がうかつだった。だから、こういう結果を招いた。

腹の底が熱くなって、唇が震えた。

男はさらに、紅花に目隠しをした。これも絹の布だ。捕虜に高価な布を使うとは。男は金持ちなのか。

紅花は男に背中を押された。歩けという指示だと悟って、足を踏みだした。視界が奪われているので転ばないか、どこかにぶつからないかと精神を研ぎ澄ました。

九曜のうめき声が遠ざかる。

誰か、早く、九曜を助けて。

祈りながらすり足で歩いていると、道の端に来た。この先はなにもないか、階段があるのだろうと予測した。このまま落下させるつもりなのかもしれない。

紅花は慎重に右足をおろした。とんと幅の狭い段に触れた。階段だ。この先も、下に段が続いているにちがいない。

紅花はゆっくりとおりていこうとした。そのとき、どんと強く男に背中を押された。思わず前のめりになって、転がりそうになった。

紅花の歩みが遅いから男が焦れたのだろう。一言、階段があると言ってくれさえすればいいのに。紅花は拳を握って、できるだけ速く階段をおりた。

十段目で階段は終わった。爪先《つまさき》で前を探ると、道が続いている。紅花はまっすぐ歩いた。いや、まっすぐのつもりだが、眼界が奪われているので勘で進んでいた。けれど、男から文句がないので、正しい道を歩いているのだろう。

しばらくすると、水の匂いがした。再び道がなくなった。そこで前に右足を伸ばすと、揺れるものに沓が触れた。

舟か。乗れという意味だろうけど……。

果たして、九曜と再び会えるのだろうか。いや、今はそんなこと考えない。生きて戻る。あらゆるものに抗ってみせる。

紅花は舟の縁を跨《また》いで、乗りこんだ。

3

舟に乗った紅花は、頭から長い布をかけられた。肌触りで、これも絹だとわかった。婦人が顔と体を隠すために着用する布だ。目隠しされて拘束されている紅花は目立つ。婦人の舟遊びと思えるような装いにしておけば、外から見られても問題がない。

眼界を遮られていると、時間の感覚が鈍くなる。握りしめた拳に爪を立てることで気合を入れた。櫂を動かす音だけがする。童子たちのはしゃいだ声が、風にのってかすかに響いてきた。

紅花は九曜を思い浮かべた。無事に誰かに助けられて、拘束を解いて、自由になっただろうか。

寒くなってきた。体が冷えるほどの時が経《た》ったのだ。

まもなく、舟のふちがなにかにぶつかって、ゆっくりと停まった。

男の腕が紅花の手を引いて、岸に降り立たせた。そのまま紅花は腕を摑まれて歩きはじめた。男の足音がまわりに響いている。足音をたてる歩きかたからして、軍人ではない。武術の訓練もしていない相手だ。

目隠しと拘束を外せたら、この男を確実に倒せる。

目隠しの下で、紅花は男をにらんだ。

階段を登ると、扉が開かれる音がした。強く腕を引かれて、房室のなかに入った。

「暴れるなよ?」

紅花は男の肩に担がれた。それからすぐに地に投げ降ろされる。強《した》かに尻《しり》を打ち、続いて後頭部を壁のようなものにぶつけた。

扉のようなものが軋む音が聞こえた。それから金属のたてる高音もする。痛みが全身に広がり、紅花はうめき声をあげてやり過ごしながら、なんの音かを考えた。

足音が遠ざかっていく。

紅花は長い呼吸を繰り返した。男の気配が完全に去ってしまってから、足でまわりの様子を探った。沓裏に触れるのは硬い板のような感覚だ。

房室かと思ったが、腕二つぶんくらいの幅しかない。立ちあがろうとすると、すぐに頭を打った。天井部分には蓋《ふた》がある。どうやら木製の箱に入れられた。

紅花は蓋を頭で押したが、微塵も動かない。今度は箱の壁を全力で蹴った。よほど硬い材料を使っているのだろう。足のほうが痛くなった。

焦るな。

息を大きく吸い、吐いた。まずは、腕の拘束を外すことにする。後ろ手に縄で縛られているが、腕を足の下から身体の前に持ってくる。身体が柔軟なら難しくない。男に武術の心得がないようで、よかった。紅花を侮ってくれた。あとは、指で目隠しと猪嘴物を剝ぐようにして取った。最後に、歯で手首の縄を解いた。

やはり、箱のなかにいた。

紅花は掌で、箱の天井から壁を慎重に探った。二ヵ所、親指が入る程度の丸い穴が開けられていた。

これは、呼吸穴か。呼吸ができなくなる危険は、なさそうだ。

しかし、完全に囚われてしまった。囚の字を思い浮かべて、四角に人が入っている様が、まさに今の紅花だと思う余裕があった。男が、紅花より惰弱だと確信しているためだ。

そういう気のゆるみはよくないか。

次に男がやってきて、蓋を開けたときに飛びかかって倒そうと決意した。

紅花は足が痺れないように適度に動かしながら、男を待った。静けさだけが、空間を支配していた。

このまま放置されたら、餓死してしまう。

紅花は心から男があらわれるように祈った。

必ず倒す。私は、生き延びる。

精神が徐々に研ぎ澄まされていくのがわかった。紅花は笑った。恐れはなかった。久方ぶりの危険だ。高揚《こうよう》する。静けさのなか、手足を動かして機会を待った。

長い時間が過ぎていった。どれだけ経ったか曖昧《あいまい》だ。

紅花は数を数え、手足を交互に伸ばしたり縮めたりした。

来る。必ずあいつは来る。

来ないと思ってしまえば、その先には、絶望しか待っていない。紅花は精神の高揚を保《たも》ちながら、獲物を待つ狩人《かりゅうど》の心地でひたすら待った。

足音がした。

紅花はそっと体勢を整えて、いつでも飛びかかれるように蓋の下で待った。

足音が近づいてくる。

さぁ、開けなさい。

箱の蓋は開かなかった。誰かがくぐもったうめきをあげている。紅花の入った箱の隣で、蓋を開けるような音と、重たい布袋を落とすような音がした。

うめき声がさらにあがった。なにかを訴えているようだった。蓋を閉じる音がして、金属がたてる高音がした。

足音が去っていく。蓋を開けていかなかったことに少々の失望はした。体の節々が痛くなってきていた。

隣からは、うめき声と、箱を蹴る音が聞こえてくる。紅花とやっていることが同じだ。

男の足音が聞こえなくなってから、紅花はそっと問いかけた。

「あなたは誰?」

うめき声が、ぴたりととまった。

「私もあの男に捕まったの。名は紅花。この開封で医者をしている。声が出せないの? 是なら一回、不なら二回、箱を叩いてくれる?」

どん、と一回、叩く音がした。きっと、口に布を嚙まされている。だから喋れない。

「男を知ってる?」

二回、叩く音がした。

「そうなのね。私も知らない。いったいなんのつもりかしら。でも負けない。必ず箱を出て、倒してやる」

一回だけ叩く音がした。紅花は微笑んだ。強気な人は好きだ。捕まった同志なのだから、もう無理だと嘆いて自滅するようでは困る。

「どうして、ここに来たの？」

問いかけてから、答えにくい聞きかたをしたと思いなおした。それに、相手の事情ばかりを聞くのも悪い気がした。

「私はね、大事な人を守るためよ。あなたは、どう？」

しばらく音はしなかったが、ためらいがちに一回、叩く音がした。

「おまえたち、なにをしているんだ！」

男の声が聞こえた。しまった。紅花は口を閉ざした。足音が近づいてくる。金属音がして、紅花の入った箱の蓋がゆっくりと開けられる。

男の手が見えた。紅花は小指を摑んで逆にひねって折った。小指一本だけだと容易に折れる。

「ぎゃあ！　なにをする！　この愚劣な女め！」

「愚劣でけっこう！」

紅花は蓋を片手で跳ねあげる。男は木製の仮面をつけたままだった。ひぃひぃ言いながら折れた小指を押さえている。

「こっちを見なさい！」

紅花は男の顎の先端に頭突きした。手ごたえはあった。紅花がうかがうと、ぐうと呻《うめ》いて男が静かになった。気絶したとみえる。

紅花は男のまわりや懐を探った。床に転がっている鍵束《かぎたば》を見つけた。

「今、助けるから！」

何者かが収められている箱の錠を外して、蓋を開けた。とたん、その人は箱から飛びだした。獰猛《どうもう》な獣のような気迫から、男を殺すつもりだと気づいた。

「待って！　私、聞きたいことがある！　殺さないで！」

何者かが動きをとめ、ゆっくりと戻ってくる。足音はない。殺気は鋭い刃物のように研ぎ澄まされている。武術の心得がある相当の手練《てだ》れだ。そんな人がどうして捕まったのだろう。

大事な人を守るため、自ら縄につくよう誘導されたのか。

その人は、十歳前後の童子だった。質素な服には柄がない。黒い髪をひとつにまとめているが、男女どちらかはわからない。

「大丈夫？」

紅花は童子をいたわり、その両手をとった。童子はすでにすべての縛めを外していたが、手首には擦過傷ができていた。これは、紅花と同じく、拘束を解くときにできたのだろう。

童子は大きく息を吸い、紅花を見上げた。その瞳は煌めいていて、宝石のように美しかった。

「う……ん」

男のうめきに、紅花ははっとした。見惚れているあいだに、男が目覚めた。急いで男のもとにむかった。童子もついてきた。

紅花は自らを縛っていた縄で、男を拘束した。後ろ手にして手首をくくるだけでなく、首にも縄を回しておく。こうすれば暴れても首が絞まるだけなので、うかつには逃げられない。

完全に拘束してから、男の仮面を外した。青白い肌、細い眉、形のよい鼻に、薄い唇をしている。

男の頰を、ぱんっと叩いた。

「どうして私たちを拘束した！」

紅花が男を見おろしながら問いかけると、男はふんと鼻を鳴らした。

「許紅花、おまえは九曜の邪魔をする」

「私が、どうして？」

「おまえのような小娘をそばに置くなんて九曜らしくない。九曜は孤高の人なんだ！」

「あなた、誰なの？　どうして私や九曜を知ってるの？」

「おまえごときが九曜などと呼び捨てにするな！　様をつけろ！」

紅花は眉をひそめた。対話ができない。聞く気がない。

「ねぇ、お姉さんが箱から出してくれたから言うことを聞いたけどさ。こいつ、殺したほうがいいよ」

童子が今日の天気でも語るみたいにしれっと提案した。危険なことを言う子だ。紅花は童子に視線を移して、まじまじと凝視した。

「おまえの秘密を知っているぞ！」

「なんだって？」

童子が表情を消した。童子の反応がおもしろかったのか、男が笑う。

「ああ、せっかく美しい遺体を作って九曜に捧《ささ》げたのに」

男は童子を無視すると、唇を歪めた。

「美しい遺体って、なんの話？　水面に浮かんでいた周睿様のこと？」

紅花が男に問いかけるが、男は童子を見てにやにや笑った。

「そっか」

童子が紅花を見上げた。

「先にお姉さんを殺すね」

「えっ？」

「こいつ、なにを口走るか、わからないからさ」

童子が男の頭を足で蹴った。

「ぎゃあ！」

男が再び気絶した。

「どういうこと？」

「誤算ばかりだよ。まったく。こいつは後で尋問して殺す。もとから始末しようと思ってついてきたんだ。関係のないお姉さんは逃がしてあげたかったけど、秘密を聞いちゃうかもしれないし、こんなできごと誰かに話さずにはいられないよね？　ごめんね」

申し訳なさそうな顔をして、童子が紅花にむかってきた。童子なのに、童子に見えない表情をしている。彼は、年相応の童子ではない。

童子が間合いを踏み越えて襲いかかってきた。指を鉤爪《かぎ》のようにして一撃が繰りだされる。寸前でなんとか避けた。

童子の狙いは首筋だった。血脈をえぐりだそうとしている。その意図にぞくっと背筋が粟立《あわだ》つ。この童子は本気だ。掛け値なしの本気で殺しにかかってきている。

だが、そんな紅花の困惑を見透かしたように、童子はさらに踏みこんでくる。次の一撃は胴だった。みぞおちを拳が狙ってくる。体を開いて避けたが、容赦なく足を払われた。

速さについていけない。転びはしなかったが思わずよろける。童子はその隙を見逃さなかった。また繰りだされた鉤爪の攻撃は避けられなかった。

痛みが灼熱《しゃくねつ》感となって弾けた。

首こそは躱せたが、童子の爪は紅花のこめかみをかすめていた。皮膚が裂け、血が噴《ふ》きだす。生温かい血が顔面を濡らし、目に入った。眼界が濁った。童子が鋭く襲いかかってくる。

このままでは殺される。逃げなくては。けど、どうやって。背を見せれば確実に仕留められる。

「――ふっ！」

一か八か、紅花は息を吐きざま正面から拳を繰りだした。小さな体は横に開いてそれを躱そうとする。その刹那に見えた背中を待っていた。

紅花は床を蹴った。童子の背に手をあて、勢いよく飛び越えた。そのまま全力で駆けだす。肩で押し破るように扉を開け、外に出た。

眼前には地下渠水が広がっていた。

畔《ほとり》には一艘の舟が停まっている。きっと童子が連れられてきた舟にちがいない。紅花は駆けよって飛び乗り、舫《もや》い綱を解いた。急がなくては。櫂で地面を押して漕ぎ出る。眼界は赤く濁ったままだ。けれど、休んでいる暇はない。

舟を操りながら、紅花は離れていく扉を凝視していた。もしあの童子が飛びだしてきた場合、どうするべきか。もう一度、戦いになった場合は持ちこたえられるか。

だが、童子は追ってこなかった。

よかった、と思えばいいのか。あの二人は、これからどうするのだろう。いや、今は考えない。とにかく安全な場所まで移動しよう。

舟の操縦には慣れていないが、懸命に櫂を使って、地下渠水を出た。

空は赤く染まっていた。冷えた場所から出て感じるささやかな暖かさに、ほっとした。まもなく、開封の外れの渠水に出た。これからどう動くべきかを考える。九曜のもとに行っても馬鹿だと言われるだけだろう。自分でも、自分が愚かで弱いと思う。もしかしたら、九曜も心配してくれているかもしれないが、そうだとしても、戻れない。

甘えられない。私はやれるんだから。

実家に戻れば治療は受けられるだろう。だが、とにかくなにも考えずに儀式から逃亡してしまった。どんな顔をして帰ればよいのか。

行方知れずになっているのだから、両親と姉は心配しているだろう。けれど、戻ったら、どこに行っていたのだと追及され、義務を果たさなかったことを叱られる。

ああ、本当に、私はなんでこうも後先考えずに動いてしまうのだろう。

祖父の顔が浮かんだ。会いたくない。心の底から、そう思う。

不慣れな舟はすぐに乗り捨て、紅花は岸に上がった。おりよくやってきた馬車を捕まえられた。

「あんた、どうしたんだい、その傷は！」

御者《ぎょしゃ》の老人が驚いた目をした。首からかけていた布で紅花の顔を拭《ふ》いてくれる。布はすぐに真っ赤になった。

「ちょっと転んでしまって……、これから、お医者様のところに行こうと思います。お願いできますか？」

「当然だよ！」

医者──心のなかに浮かんだ劉天佑様のところに行こう。どんな顔をして会えばいいのかはわからない。でも、頼れる大人は天佑様だけだ。それに、医生でもある。紅花のことも知っている。あの家で、治療してもらおう。

4

紅花は御者に礼を告げた。身一つで出てきた紅花は、銭を持っていなかった。後で必ず払うと約束するが、早く治療してもらえと、運賃はなしにしてくれた。

人の善意を感じながら、天佑の家の門をくぐった。

「ごめんください」

まもなく小杏があらわれた。紅花を見て目を見開いた。

「ご無事なんですね！」

ずいぶん慌てた声で駆けよってくる。まるで身内にするかのように、親しみをこめた目をむけられた。

婚礼の儀式の途中で消えたのだから、驚き、心配してくれていたのだ。もしかしたら、死んだと思われていたかもしれない。

紅花は、以前小杏ににらまれたことを思い返した。天佑に仕える小杏にとって、紅花は危険な存在のはずだ。

「天佑様はまもなくご公務を終えられて帰ってこられますよ。さぁ、早く、中へ」

「助かります」

「血に塗れて、土色の顔色をして、ひどい目にあったのでしょうね」

小杏のいたわりが心に染みた。危険に巻きこまれ、自分の無力さを思い知らされたばかりだ。小杏の善に触れて、紅花はふっと息をついた。

紅花は居室に通された。円卓があり、椅子が四脚備えつけてある。窓の外には庭の風景が見える。空は日が沈もうとしており、星空が広がりはじめていた。

小杏が窓を閉じて、灯りをつけた。

「しばらくお待ちください。治療をいたしましょう」

小杏が房室を足早に出ていった。

ありがたかった。さすが天佑に仕える人だけのことはある。

しばらく待っていると、小杏が白い布を小山のように持ってあらわれた。

「失礼いたします。布をとりかえます。頭だから、流血が激しいですね」

紅花が使っていた布はもう血で汚れている。小杏が新しい布をよこした。それを使って、傷を強く押さえる。

少し、くらりとした。血が思った以上に出ている。この家にたどりつけなかったら、道に倒れていたかもしれない。身ひとつで転がっていたら、運がよければ助けを呼んでもらえるが、そうでなければなにもかもを剝《は》ぎとられ、人買いに売られたかもしれない。

この世で安心できる場所は少ない。

ふと、足音が近づいてくるのがわかった。脳裏に浮かんだ人の顔に、紅花はほっと息を吐いた。

「小杏、ここかい？　帰ったよ」

天佑が扉を開いた。紅花に気づいて、目を丸くする。

「紅花先生、ご無事でしたか！」

紅花は席から立ちあがり、礼をとった。

「何者かに囚われていましたが、どうにか逃げおおせました。行き先に迷い、こちらを頼りにまいりました！」

想像していたよりもうわずって、大きな声が出た。紅花は自分が興奮していることによ
うやく気づいた。戦場で敵兵を射貫いたときに似ている。

それも、自分よりも強い相手だ。じわじわと広がる高揚感にかられて、紅花は今までに起きたことをすべて天佑に話してしまいたかった。

「儀式にて、何者かに攫われたと大さわぎになっています。逃げてこられたのですね」

天佑が、ゆっくりと話した。落ちついてと言われているようだった。紅花は我に返り、天佑と呼吸を合わせた。

だんだん自分がどう見えるかわかってきた。興奮しきった紅花は、心配していた天佑の目に奇異として映っただろう。

「……はい。見知らぬ人物に誘拐されておりました」

冷静になれ、と紅花は自分に言い聞かせる。

儀式から紅花を助けたのは九曜だし、紅花を本当の意味で誘拐したのは仮面の男だ。だが、誤解されたままでいるべきだ。

「今度は私があなたを看病します。自分の身を大切にしてください」

天佑が紅花の脈をとり、傷の状態を診た。大きな手だ。繊細に動く。

箱のなかで傷ついた指、縄の痕をたしかめられた。

真剣な表情だ。医者の顔をしている天佑は、いつもとどこかちがっていた。頼りにしたくなる。見ていると、なぜだかとても安心する。

「あなたは、自分のことをないがしろにしすぎるところがある」

「……そうかもしれませんね」

「自分のことも大切にしなければ」

「大切には、しています」

「そうですか？」

天佑が苦笑する。信用していない顔だ。

「私は、かなり貪欲《どんよく》ですよ、天佑様」

「ああ、そのほうが健全ですよ。……少し待っていてください」

天佑が部屋を出ていき、盆と水を張った器を持って戻ってきた。背後からは小杏がついてきており、薬湯を用意している。

天佑が水に布を浸してから、紅花の顔の血を拭い、こめかみの傷の治療にあたった。軍医ではないので紅花より慣れてないが、不慣れながらも真摯に対応するところに、紅花は好感を持った。

「傷が残らないといいのですが」

「傷など気にしません」

「いいえ、いけませんよ。体は父母から授かった大事なもの、損なうことは不孝です」

「それは……そうですが……」

戦場ではありえない考えだ。損なってでも、仕事を全《まっと》うすることがすべてだった。

紅花の父を尊敬している天佑にとっては、紅花の体に傷が残ることはたえられないのだ。また、紅花に傷が残ることをさせるのも、許容の範囲外になるのだろう。

この体には、すでにいくつもの傷があると知ったら、どんな顔をされるだろう。

傷を名誉だと言ってくれた戦士たちの姿が脳裏に浮かんだ。

また、会えるだろうか。

「よかった。血がとまりましたよ」

紅花はほっと息をついた。

「ありがとうございます」

「薬をどうぞ」

小杏に勧められて、紅花は器に口をつけた。匂いを嗅ぎ、口に含んで、舌先で味わう。桂枝《けいし》、茯苓《ぶくりょう》、牡丹皮、桃仁、芍薬といった、複数の生薬が合わさっているのがわかった。打撲に効く漢方だ。わざわざ煎《せん》じてくれたのだ。ありがたかった。

今も、天佑の家には、医者時代の名残《なごり》が大量にあるとみえる。薬なども置いてあるにちがいない。先日の病気のときには、症状に合わせて調合することが、身体が辛くてできなかったのだろう。

力がなくて許家の太医院を頼りにした。けれど、本来なら、天佑は自分で自分を律するだけでなく、人をも守護しようとする人なのだ。

紅花はそっと天佑を見た。はじめて会ったときは、こんな綺麗な人が存在するのだと驚いた。今も、その感想はかわらない。

美貌《びぼう》だけで上等な人生を送っていけそうなのに、勉学に励み、医術を会得しただけでなく、官吏にまでなったのだから、努力家だ。

「あなたが落ちついたら、儀式をあらためて執り行いましょう」

温和に切りだされて、紅花は少し迷ってから、首を振った。

「私、実は、柳宇大人と対面いたしました」

「えっ？」

天佑が手にしていた布を取り落とした。紅花は狼狽える天佑をはじめて見た。こんな顔もするのか。

こほんとひとつ、天佑が咳払いをした。

「紅花先生、少し、いいですか？」

「はい、なんでしょう。天佑様」

「たしかに、私には親密な人がおりました。けれど、子供の頃から、誰かを真の意味で好きになったことはありませんでした」

「それは、……昔、天佑様に、なにかあったからですか？」

天佑がゆっくり首を振った。

「なにもありません。ただ、誰にも興味を抱けなかったのです。なぜでしょうね。だけど、あなたには恋をしました。あなたとなら支えあっていけるかもしれない、と」

天佑は、真誠な顔をして語った。

紅花は、はじめて出会ったときを思い返した。体がぶつかったのに、天佑は年下の紅花を助け起こそうとしなかった。お茶を持っていっても視線が冷たく、おまえになど興味はないという態度をとっていた。

だが、許希の娘だと知ったとたんに、がらりと態度がかわった。紅花を許希の娘という目でしか見ていなかった。だから、紅花も天佑を警戒していた。

今は、紅花自身を見て、尊重してくれている。あらゆる物事で、男性が婦人よりも優位であるこの儒教の世のなかで、支えあおうと言っている。

だけど、と紅花は視線をおろした。膝の上で握りしめた手を、じっと凝視する。

人の所有物になってしまったら、自分を殺して家のなかで生きなければならなくなる。

「急ぎませんよ」

天佑の言葉に、紅花はほっとして顔をあげた。

「ああ、やっと私を見てくれましたね」

どこか天佑も安堵したような顔をして、紅花に微笑んだ。

「天佑様、結婚は、まだ考えられないです。私は、今の私のまま、人のお役に立ちたいのです。そう思えるように、やっとなれました。家庭に入って夫を支える生きかたを選ぶことはできません」

「以前、少し話をしましたが、結婚してもあなたを縛るつもりはありませんよ」

天佑の眼差しを見ると、本気なのだとわかった。祖父とちがって紅花を所有物ではなく、ひとりの人間として見てくれる。この優しさに身を委《ゆだ》ねたら、ひと時は楽になれるだろう。

しかし、天佑の気持ちがどうであれ、世間は紅花に女性としての役割を求めてくるはずだ。それに、結婚は家と家との結びつきを強固にするもの。女として与えられる役割からは逃れられない。

「お気持ちは、ありがたいです。けれど、今回のことは、家族が勝手に決めてしまって……」

「私も親に問いただすまで知らされておりませんでした。親は許先生の娘御であれば間違いないと乗り気になっていましてね……。しかし、あなたの意思がそこにないのなら、今すぐでなくてもいい。私は待てます」

「待たれても、応えられるかわかりません」

「それでもいいのです。ああ、まもなく日が落ちる。もう帰らねばなりませんね。舟を呼びましょう。ともにのんびりと時間が過ごせるときに、またお茶でも飲みましょう」

「はい、ぜひ。天佑様」

紅花は天佑とともに席をたち、家を出てから、二人で舟に乗った。あたりは薄暗かったが、馬行街には灯りがぽつぽつとついている。遅くまで傷痍人を受け入れている医院なのだろう。志の高い医者が大量にそろっている。

「いい街ですね」

「ええ。気にいっています。どこへむかわれますか?」

「高家まで」

天佑と結婚を選べないと決めたからには、渦中の事件を放ってはおけない。天佑は少し顔をしかめたが、船頭にそのまま告げた。

紅花が囚われているあいだ、犯人はなにをしていたのだろう。童子を捕まえる以外にも、事を起こしていたかもしれない。

あの男は何者だ。紅花を誘拐して箱に閉じこめた怪しい男は。それに、紅花を殺そうと戦いを挑んできた童子もいた。彼らは、いったいなんなのか。

紅花を誘拐した男が、九曜をじっと凝視していた人物だ。周睿を殺して遺体を飾ったのも、男のはずだ。

なんのためにといえば、すべて九曜のためなのだろう。男自身が言っていた。

九曜が詠《よ》んだ漢詩にもあった。牡丹が咲く頃にさわがしくなるぞと。

九曜のために、世間をさわがしてやるという意味か。

そう考えたら、ぴたっと腑《ふ》に落ちた。それからぞっとした。九曜の歓心を得るために、殺人まで犯したのか。なぜそこまでするのだろうか。紅花にはわからない。

ちらりと天佑を垣間見《かいまみ》る。夕陽《ゆうひ》を浴びる天佑は、この世のものとは思えないほど美麗だった。

『賞牡丹』にも、天佑が気づいた。もっと相談をしてみるべきだろうか。

紅花は天佑を見上げて、唇を開きかけた。

「私になにか尋ねたいと思ってくださるなら、嬉しいのですが」

微笑む天佑の心身が美しくて、それを汚したいとか傷つけたいとか、そういう心情には微塵もなれなかった。巻きこむわけにはいかない。

「なんでもないのです。ただ、天佑様がとても綺麗で、見ておりました」

天佑が片方の眉をあげてから、ふふと笑った。

「あなたに気にいっていただけたなら、この容姿をくれた親に感謝ですね」

「天佑様は、父上と母上、どちらに似ておられるのですか?」

「母ですね。幼い頃は、容姿のためによく女の子だと間違われました」

「私はやんちゃすぎて、男の子だと思われていました!」

ふっと天佑が微笑んで、それからじっと紅花を見つめた。

「あなたがたとえ男であっても、好きですよ。私は許紅花が好きなのです。もし私が女であったとしても同じです」

胸がどきりとした。頰が熱くなる。手で顔を扇《あお》ぎたくなったが、そうすると天佑の言葉に反応したのだと知られてしまう。それはなんだかとても恥ずかしくて、紅花は軽く俯いた。

舟はまもなく高家の近くにある船着き場に停まった。

もっと話していたい気持ちがあったが、天佑と並んで高家の門までむかった。

「今日は、頼ってくださって嬉しかった。また、気軽に訪ねてきてください。私の家が、あなたの羽を休ませられる場所になればいいと心から願っています」

「ありがとうございます、天佑様」

礼などいらないですよと言って、天佑が門を指さした。門衛がいたので、紅花は声をかける。

「あの、許紅花です。戻ってまいりました。九曜は家にいますか？」

「おまえっ、儀式の途中で攫われたって聞いたぞ！　そちらはお相手の劉様だよな！　二人そろって、どうして高家に？　それに、その怪我はどうした！」

「簡単な話ではない。今は先生のためにさわぎ立てるな」

天佑に叱責されて、門衛が慌てて口を閉ざした。

「この傷は、囚われた先の戦いでやられてしまいました。九曜は無事ですか？」

門衛は亭子の方角を指さした。

「今、坊ちゃんは、石英様と一時も休まれずにおまえを探している」

自分のことを探していてくれたのか。ありがたかった。涙が出そうなくらいだった。

「紅花先生、お大事になさってください。私にも苦い気持ちがあるのですよ」

天佑が悲痛な表情を浮かべたが、すぐにいつもの微笑みにかわってしまった。

そうだ、天佑にも色々な思いがあるのだ。それでも、紅花の意思を尊重して、紅花のやりたいことを優先してくれた。本来なら、有無を言わさず実家に連れ戻されても不思議ではない。でも、天佑はそんなことしない。

優しいだけでなく、頼りになって、信頼できる大人だ。

「天佑様……私、天佑様のおかげで、救われました」

自然と、微笑みが浮かんだ。天佑が軽くうなずいて、門衛に命じた。

「いいですね、高家の皆、頼みましたよ」

「はい！　すぐに中に入るんだ。亭子で石英様と計略会議を行っておられるはずだ」

「わかりました！」

紅花は急いで亭子にむかった。亭子は煌々《こうこう》と灯りで照らされていた。

「帰りました、許紅花です！」

扉を勢いよく開ける。九曜と石英を中心に、官吏が五名控えていた。男たちの視線が紅花に集まった。誰もが険しい表情をしている。机の上には髑髏が置かれ、いくつもの報告書がつまれている。ものものしい状態だ。

「紅花？　どうしてここに！」

石英が叫ぶと、九曜が石英を制した。

「脱出してきたのか。よくやったな、紅花」

「ええ！　仮面の男の顔も見てきたわ！」

「肖像を描かせよう。心配したんだぞ。どこにいたんだ」

石英が安堵の表情を浮かべているが、九曜はつんとすまし顔だ。

「ぼくは心配していなかった！」

「ふふ、そうなのね」

きっと、九曜は心配してくれていた。だけど、意地っ張りなところが愛らしい。

官吏のひとりが筆を持って近づいてきた。紅花は男の容姿を皆に語って聞かせた。忘れるはずがない。鮮明に覚えている。

官吏が肖像を描いたが、できた肖像は紅花の思っていた物とはちがっていた。

「あまり、特徴のない顔だ」

「私の説明が下手で、すみません」

「いえ、いるんですよ、こういう人物が。生まれながらに人に紛れやすい」

官吏の描いた肖像を、まわりの人たちが見た。九曜と石英も見る。

「どこにでもいそうな顔だ。だからこそ発見しにくいな。それで、どこに囚われていた？ぼくらは地下渠水が怪しいとにらんでいたんだが」

九曜が髑髏を手にとった。髑髏の眼窩が紅花を見上げる。虚偽なく話せと告げているようだ。

「よくわかったね。都の南方にある地下渠水よ」

九曜たちの見立ては悪くない。さすがだ。

「そうか！　やはりな！　ぼくが間違えるはずがない！」

「道は覚えているから、明日にも見に行きましょう」

「いや、今からだ。そうだな、石英！」

九曜が髑髏を抱えたまま、扉にむかって歩きだした。

「ああ、当然だ。だが、場所だけ教えてほしい。あとは休息していてくれ。その怪我だ」

紅花は首を振った。

「それは、できません。石英様。どうか、私にも見届けさせてください」

石英が、困った娘だと溜息をついた。だが、それ以上の異議はなかった。紅花は石英とともに扉を出た。すると、九曜が奴婢になにかを言いつけていた。

奴婢が紅花を見て、にこっと微笑んだ。

紅花は九曜のそばに駆けよった。

「どうしたの？」

九曜はどこか慌てたような素振りがあったが、つんとして、

「なんでもない。さぁ、行こう」

と門の外へと駆けだした。

5

紅花は役所の舟に乗った。官吏の持つ灯りが地域を煌々と照らす。夜の闇が落ちた水面は黒く、岸辺に見える街の灯りを反照していた。

「どこにむかえばいい？」

石英の問いに、紅花は開封の南を指さした。

「あちらです。案内します」

紅花が先導となり、舟は進みはじめた。

「それで、なにが起きたんだ？」

九曜が早口で聞いてきた。紅花はこれまでの経緯を振り返った。できるだけ感情を切り捨てて、要所だけを話さなければならないと思った。

「奇妙な仮面をつけた男に捕まって、地下渠水に面した小房室に入れられた。そこには箱があって、箱のなかで囚われていたの」

「箱だって？　よく逃げだせたな」

石英の言葉に、紅花はうなずいた。

「男が箱の蓋を開けたときに、飛びかかって、倒しました」

「でも、なにか起きたんだろう？　君がそんな傷を負うなんて」

九曜の指摘に、紅花は瞼を伏せた。

「小房室には、もう一箱あって、そのなかに閉じこめられている人がいたの。倒した男から鍵束を奪って、その箱を開けた。そうしたら……」

「君に怪我をさせた人物が入っていたんだな？」

「そう。十歳くらいの童子が入っていた」

「童子か！」

「あ、予想とちがった？」

「まぁいい、続けてくれ」

九曜が手を軽く振ったので、紅花はうなずいた。

「男と童子は知己のようだった。しかも、なぜか童子は私を殺そうとして、私はなんとか逃げのびた」

「よく殺されなかったな」

石英が言った。

「紅花は強い。戦場帰りだ。そう容易には、やられたりしない」

「そうでもないよ。私は、そんなに強くない」

殺されずにすんだのは、運がよかったからだ。童子は二度と隙を見せないだろう。次に童子とやりあって、勝てる自信は微塵もない。

武術を学んできた。それで、少しは人より強いという自信があった。だが、今回は逃げ出すよりほかなかった。

紅花は船頭に、次の渠水を曲がるように告げた。だんだんと地下渠水が近づいてくる。動悸《どうき》が高鳴った。まだ犯人がいるかもしれない。いや、童子に殺されて、遺体が放置されているかもしれない。ならば、童子が虎視眈々《こしたんたん》と、紅花が戻るのを待っているか。

紅花はまわりの官吏たちを見た。灯りに照らされた顔と体形を眺める。

これは、いけない。紅花は焦りを覚えた。

「童子の強さは並ではありません。もし、まだ地下渠水の小房室に隠れて、私が戻るのを待っているとしたら、私たち、全滅する危険がある」

「戦闘には慣れているさ」

石英があっさりと答えた。紅花はうなずけない。石英こそ体力がないことを、紅花はよく知っている。

「相手は人殺しに慣れた剛者ですよ」

童子は、どんな生きかたをしてきたのだろう。あの年齢で、あれだけの技術を持っているとは。幼い頃から過酷な訓練を受けてきたにちがいない。

「だが、行く以外に選択肢はあるまい」

「それは、そうです……」

「まいらねばならぬのだ。犯人を拘禁せねば、これ以上の被害が生まれるかもしれぬ」

紅花はうなずくほかなかった。

舟は地下渠水の近くまで来た。紅花は指をさす。地下渠水に入っていく。星が見えなくなり、灯りだけがまわりを照らす。渠水の奥に、蹴破られた扉が見えた。

「あそこです！　私が出てきた房室は！」

九曜と石英が目を交わした。

「舟を停めろ！　二手に分かれて、中をあらためる！」

舟が岸に近接したとき、灯りを手にした九曜が髑髏を抱えて飛びおりた。

「待って！　危ない！」

紅花も九曜のあとを追った。九曜が小房室に駆けこむ。

房室にはなにもなかった。仮面の男も、童子も、箱もない。

紅花は立ちつくした。

「持っていろ」

九曜に灯りと髑髏を押しつけられた。紅花は我に返った。九曜が床や壁を慎重に調べる。

「捜索の手がかりになりそうなものは、ないな。綺麗な処理だ」

九曜は苛立ちを隠そうともしない。紅花も奥歯を噛んだ。完全に逃げられた。

官吏たちも房室を調べたが、なにも発見できなかった。

「俺たちは船頭や近隣の居民に各自聴取を開始する。おまえたちはいったん帰れ」

石英の判断は正しいように思えたが、自分を誘拐した男と謎の童子を追いたい。これまでになく精神が研ぎ澄まされ、頭が冴えわたっている。体はすぐにでも動きたいと叫んでいる。楽しくて、笑みが抑えられない。

「ぼくらも捜査に加わるぞ」

九曜の発言が心強い。紅花も石英を見つめた。ついでに髑髏の眼窩が、石英の目を見るように持ちなおす。

「いけない。紅花を休ませるべきだ。おまえは側についていてやれ」

休んだほうがいいのは頭ではわかっていた。そういう心情と同時に、興奮を抑えきれない。これから捜査に加わって、新たな謎を解いていきたい。

「そんな、私も捜査に加わります！ 九曜もそうよね！」

自分のせいで九曜が動けないなど許せない。だから、紅花は石英に反論した。

「……帰るぞ、紅花」

九曜の言葉に、紅花は驚愕《きょうがく》した。

「いいの、九曜？」

「ぼくは単独で捜査をする！　石英の許可など無用！　だが、君は、……家に帰らなくていいのか？」

じっと凝視されて、紅花は狼狽えた。

「まだ誘拐されていると思われてる。今なら、自由に動けるでしょう？」

「儀式から攫ったのはぼくだが、君の家族はずいぶん懸命に探索していたぞ」

なにもしなくていいのかと九曜の瞳に問いかけられている気がした。紅花は唇を噛んだ。懸命に探していてくれたのなら、安心させてあげなくてはならない。家族が嫌いなわけではないのだ。

「……わかった。一度、家に帰る。話しあってみる」

「そうだな」

九曜は腕を組み、深くうなずいた。

6

許家の玄関にあらわれた紅花を、父母と姉は泣いて居室に迎え入れてくれた。

誘拐されたこと、敵を倒して脱してきたこと、天佑に治療をしてもらったことを、かいつまんで説明した。

父は紅花の傷を見て、「生きていてくれさえすればいい！」と天帝に感謝していた。なんだか父が老《ふ》けたように見えた。それだけ心配させたのだ。

だが、杖を鳴らして父母を掻き分けてあらわれた祖父の言葉に、紅花は腹の底から怒りを爆発させた。

「なにを甘いことを言っておる！　せっかく劉様との婚姻関係が結べるところだったのに！　その傷が治ったら、もう一度、計画修正だ！」

祖父をぶん投げてやりたい。紅花の技術ならできる。だが、父と母の手前、ぐっと衝動をこらえる。本気でやったら、殺してしまう。

祖父は女子を自分の思いどおりにできる駒《こま》だと思っている。紅花の幸せのためではなく、家の名誉が大事なのだ。

紅花は自室で休むように告げられた。祖父のいる場所にはいたくなかったので、反論はなかった。

紅花は別棟にむかった。自室の寝台で、声を殺して泣いた。

悔しい。どうしてあそこまで言われなくてはならないのか。

泣き疲れて、いつの間にか眠っていた。

五更（四時頃）を知らせる行者《ぎょうじゃ》の木魚の音色が響いてきた。一夜を五区に分けた最後の時間だ。

紅花は起きた。すばやく立ちあがり、衣裳の準備を整えると、外に出ようとした。そこで、携帯用の医療器具の存在を思い出した。

戦場ではいつも携帯していた。もう手が震えないのだから、どこかで役に立つかもしれない。九曜も道具を持っていたし、自分もそうするべきではないか。

紅花は抽斗から小革嚢を取りだした。中を開くと、小刀と使いさしの絹糸、薬包が入っていた。

顔をあげて自室の外に出ると、西の空に月が浮かんでいた。空は徐々に明るくなりはじめている。天の光と地の灯りが競いあっていた。

気配を殺して門を出る。進路は心に決めている。紅花と、たとえ愚昧《ぐまい》な行動でも、共にしてくれる相手なんてひとりしかいない。

舟に乗って、高家の第宅を目指した。早朝の訪問は失礼だが、すでに九曜の朋友と知られているし、非常識でも気にされないはずだ。

舟が高家に近づいたとき、紅花は驚いた。

「信じられない！」

九曜が第宅の前に立っていた。紅花は舟を飛びおりた。

「来る頃だと思っていた」

九曜が優美に微笑んだ。月灯りに照らされて、神々しかった。

「あなたって、なんでもわかるのね！」

来ると思われていたのが嬉しい。九曜の予想を裏切らずにすんでよかった。思わず駆けよって、強く抱きついてしまいたくなったが、開封の都は戦地ではない、礼儀を守らねばならない。

笑顔の紅花を前にして、九曜が少し視線を落とした。

「そうだ……、ぼくはいつも間違わない。それでも、君が嫌なら、拒んでもいい」

「なんのこと？」

九曜が黙って第宅のなかに入った。紅花もあとを追う。

「そこだ」

九曜が視線を亭子にむけた。

紅花は九曜より先に、亭子の扉を開けた。机の上に果実が入った籠があった。梨《なし》と茘枝《れいし》と葡萄《ぶどう》、林檎《りんご》と棗《なつめ》が入っている。そばには小皿と包丁が置かれていた。

「おいしそうな果物がたくさん！」

「好きか？」

九曜が机の上に髑髏を置きながら問いかけてきた。

「ええ。家でも昔はよく食べていたの。戦場では、縁がなかったけれど」

「梨を剥《む》いてやる。好物だろ」

「そうだけど、どうしてわかるの？」

「ぼくには、すべてお見通しなんだ」

九曜が胸を軽くそらせた。

ああ、どんな果実よりも、甘美に感じる。九曜が紅花を気遣ってくれた。こんな贅沢《ぜいたく》をさせてもらって、甘えてしまっていいのかと困惑する気持ちもあるが、九曜の優しさだと、ありがたく受け入れよう。

九曜がふんと鼻を鳴らして、照れ臭そうにそっぽをむく。梨を摑んで、添えてあった小さな包丁で器用に皮を剝いていく。

「あなた、その器用さは、外科医も向いてる」

「興味はない。ぼくは今のままで充分だ。それに、外科医なら君がいる」

「ふふ、そうね」

「できたぞ」

九曜が梨を剝き終えた。小皿に載せて、渡される。

ふんわりと、梨の瑞々《みずみず》しい匂いが鼻孔をくすぐった。迷わずぱくりと齧《かじ》った。甘さが口内に一気に広がった。今まで味わった梨のなかで最もおいしかった。

「この梨、すっごく甘い！」

「そうだろう。普段は、皇后の口を楽しませている梨だ。献上品だよ。ほかの果実も同様だ。食べてみるといい」

九曜が濃い紫色の葡萄に手を伸ばして、一粒ちぎった。器用に皮を剝き、そのまま紅花の口の前に持ってくる。

このまま手ずから食べろと？

九曜は微動だにしない紅花に、どうした？　と目で問いかけてくる。紅花はふっと笑った。外見はもう青年なのに、心は童子っぽくて純粋で、傲慢で強行。でも、嫌じゃない。振り回されるのも愉快だ。

紅花は唇をそっと開いた。九曜の瞳が輝く。傲慢が通ったときの童子みたいな満足げな笑みを浮かべて、紅花の唇に葡萄を押しあてた。紅花は口を開けて、葡萄を受け入れた。九曜の細くて白い指が唇の薄い皮膚をかすめていった。

紅花は歯で果肉を押《お》し潰《つぶ》した。酸味と甘味が弾け飛ぶ。

「おいしい！　葡萄って、こんなに甘いのっ？」

「茘枝だってそうさ。君の認識をあらためてやろう」

ふふんと鼻を鳴らして、九曜が今度は茘枝に手を伸ばした。紅花は楽しそうな顔を見ながら、思い浮かんだ疑問を九曜に投げかけた。

「私を誘拐した男は、いったいなにがしたかったのかしら？」

地下渠水の小房室で、仮面の男が、美しい遺体を作ったと言っていた。

麗しい青年が花に彩られていた光景が瞼の裏に浮かぶ。あの遺体に、九曜は惹かれた。九曜の態度を想定しての陰謀だったのだろうか。あえて、九曜のために奇妙な遺体を作って捧げた。それで、紅花か童子を次の供物にしようとしたのかもしれない。

「やつは、ぼくの熱心な信奉者だろう」

「どういうこと？」

「ときどきいるんだ。ぼくの気を引きたいやつが。けれど、ぼくじゃなくて君を狙うなんて……ぼくの本意じゃない」

「私だって、あなたが危険な目にあうのは本意じゃない！」

九曜が茘枝を剝いて皿に載せて紅花に渡した。

「囚われたとき、男の手はどんなだった？」

「どんなって、……平凡な手だった」

九曜が首を激しく振った。

「平凡なんてものはない！　その男の手は固かったか？　水疱《まめ》があったか？　柔らかかったか？」

「そうね、柔らかかったわ。うん、働いた経験のなさそうな手をしていた。囚われたとき、仮面の男は品のよい長衣を着ていたし、私は絹の布で目隠しをされた。貧しいはずはない。裕福なのかもしれない」

「そうだ。裕福さ」

「仮面の男の言葉が真実なのだとしたら、あの花にまみれた遺体を用意したのは、仮面の男よ。あの花の価値を考えるだけで眩暈がする。惜しみなく花で飾っていたもの」

「花が鍵だ。今日はそこを探そう」

「いったい、どこを?」

「君の知らない市場だ。行こう」

聞いても詳しくは教えてくれなさそうだ。それならば、ついていけばいい。

紅花は軽く唇を舐めた。

第四章　君を記す

1

紅花と、髑髏を抱えた九曜は亭子を出た。月は大半が雲に隠れている。薄暗い闇のなか、おぼろな光だけがあたりを照らしていたが、上空の風は強いとみえて、雲が過ぎるのが速い。紅花は時の流れを感じ、置いてゆかれないようにと足早に歩いた。

門扉には夜警がいて、九曜が声をかけると急いで奴婢を呼んだ。まもなく、門は開かれ、四人の奴婢たちが九曜と紅花を先導した。奴婢たちは、柄のついた小さな燭台《しょくだい》を持っていた。朱色の小さな灯りが、思いがけないほど力強く光っている。闇が深いほど、光は輝くのだ。九曜も同じだ。事件が難解であるほど、九曜の才能は鋭く輝く。

私も、九曜の力になりたい。いや、私自身が輝かねば。

紅花は自らの利き手をぎゅっと握りしめた。

高家の馬車に乗ってしばらくすると、街路で朝食を出す店が、準備をはじめているのが見えた。もう開いている店もちらほらとあった。腹をすかせた人々が店に集っている。開かれた店に用意された椅子に座り、卓の料理をつまんでいた。犬や猫、鳥がおこぼれにあずかろうと、うろうろと人のあいだを歩いている。

「あなた、なにか食べた？」

「ぼくは、捜査中は食べない」

「九曜、またなの？　倒れてしまうわ」

街路の店で、容易につまめるものを探さなくては。

紅花は、御者に馬車を停めてもらおうとした。

「いつもそうだから気にするな。ぼくの体は一番ぼくがわかっている」

紅花はうなずけなかった。医者である自分こそ、人体のことがわかる。けれど、意地っ張りな九曜をどう納得させればいいのか、わからなかった。もっと九曜のことを知れば、その時々にふさわしい言葉がかけられるのだろうか。だけど、と黎明《れいめい》の空を見上げた。

雲はずいぶんと遠ざかり、東の空は臙脂と退紅に染まっている。色はゆっくりとだが、確実に広がっていく。

知りたいと言ったところで、九曜が素直に教えてくれるだろうか。

紅花は九曜の横顔を見つめた。

「なんだ？」

「……いいえ」

九曜の心を知るのは難しいだろうなと、紅花は苦笑した。

空は薄い青になり、たなびく雲が殷紅《あんこう》に染まった。馬車はやがて、色とりどりの天幕をはった露店がある通りをぬけた。進むごとに店が多くなっていく。

市場の門前で馬車をおりた。すでに混雑していた。莚、屛風《びょうぶ》、馬具、弓と剣、果物、塩乾肉《ほしにく》などの品々を売っている通路をぬけると、花であふれた一画があった。鉢植えばかりを置いた商店、薔薇《ばら》をあつかう商店、色とりどりの菊葉といった切花《きりばな》を専門に置く商店、葉物や枝物をとりそろえる商店などがあって、性格豊かだ。

「このなかに、五日前の相国寺《しょうこくじ》の市場に寒牡丹を持ちこんだ者はいるか?」

九曜は店のそばに腰かけている中年の男に声をかけた。店には栗《くり》や茘枝のついた枝も置いてある。男が顔をあげて、胡乱《うろん》げな目を九曜にむけた。

「そりゃ、髑髏かい?」

「そうだ。ぼくの友人だ」

「あんた正気かね?」

「どうだろう。それより寒牡丹の話をしたい」

「知ってたらどうする?」

「教えてくれ。悪いようにはしない」

九曜が懐から銭嚢を取りだして、掌に銭を載せた。

「ふぅん。あっちの角にいる爺《じい》さんに質問してみな。運んだはずだから」

紅花と九曜は言われたとおりに花に囲まれた通路を歩み、角の店に来た。店には寒牡丹が大量に売られていた。牡丹の色は、赤、白、黄とさまざまだ。

「この前の相国寺の市場に寒牡丹を持ちこんだそうだな」

九曜が問いかけると、爺さんは「そうさね」とうなずいた。

「白の寒牡丹ばかりを大量に買っていった者は、いなかったか?」

爺さんは、じろじろと紅花と九曜を眺めた。

「名を名乗らなかったけど、配達を頼まれたから誰だかはわかってるよ。だけど、お客のことをべらべら話すのもね……」

「ぼくは髑髏真君だ。この店の寒牡丹をすべて買おう」

「なんだって?」

「耳は遠くないはずだろう?」

「冗談じゃないんだろうね?」

九曜が懐から銭嚢を取りだして、爺さんの手に銭を載せた。爺さんの目の色がかわった。ぎゅっと強く銭を握りしめると、九曜に顔をよせた。

「西市の富豪の息子、呂航《ろこう》様だよ」

「この肖像の男か?」

九曜が懐からさらに紙を取りだして、広げて爺さんに見せた。爺さんが首を傾げた。

「似ているような、似ていないような……」

「どっちだ、はっきりしろ」

「なんとも言いがたい御仁なんだよ。印象のない顔というのかね」

「それだ！　印象のない顔、という点が一致する」

――おまえは九曜の邪魔をする。

仮面の男の声が蘇る。

――せっかく美しい遺体を作って九曜に捧げたのに。

囚われたときに、絹で目隠しされたことを思い出した。牡丹を大量に買えたのも、たいへんな金持ちだからだ。

紅花は勢いよく九曜を見た。

「それでは、呂航様が仮面の男なのかしら。呂航様について、あなたなにか知ってる？」

九曜は知っていることでも、聞かないと教えてくれない場合がある。聞かれなかったからなどと、これ以上言わせる気は微塵もなかった。

九曜は顎に手をあてると、紅花の顔をまじまじと見た。

「君は、ここで帰れ」

紅花は耳を疑った。突然、なにを言いだすのか。呂航について尋ねただけなのに。

「どうして？　私も一緒に行く」

九曜が首を振った。その瞳には決意が見えた。紅花は少しだけひるんだ。

「危険だ」

紅花は奥歯を噛んだ。九曜は、紅花が囚われたことを、思ったよりも気にしているようだ。けれど、紅花から危険を奪う必要などない。

「望むところよ」

紅花は笑った。眼光で九曜を射貫く。

九曜が視線を落とした。さみしげな顔だった。

「……また、怪我させるかもしれない」

絞りだすように言われた。

傷ならもう血はとまっているし、髪で隠れている。それに、戦場で兵士たちが負っていた怪我に比べれば、こんなものはかすり傷だ。

「いいのよ。私は助けなんていらない。あなたのことも守ってあげるから」

「守ってもらわなくてもいい！」

九曜が声を荒らげた。明確な拒絶に紅花は退きそうになったが、自分に活を入れて、手負いの仔猫《こねこ》にするように柔らかく告げる。

「そんなこと言わないでよ」

「君は、ぼくから離れていろ」

「ねぇ、九曜、聞いて」

「聞く話はない」

「どうしてそんな……」

「とにかく、君は必要ない！」

紅花は驚いた。けれど、それ以上に九曜自身が、しまったという顔をした。まるで勢いよく振りあげた手が、偶然紅花の頬を叩いてしまったかのようだった。九曜自身が、言い過ぎたと思ったのだろう。それは、人をよせつけない九曜にしては珍しい反応だったけれど、紅花は受け入れることはできなかった。

「私は、嫌よ」

紅花は九曜をにらむと、九曜を残して市場を出た。わざと音をたてて、足早に歩んだ。胸の奥から怒りに満ちたどす黒い感情が吹き出てくるような、嫌な感じがしたが、自分ではどうしようもない衝動に突き動かされた。

私では、九曜の役に立てないのだろうか。祖父に言われた『役立たず』という言葉が蘇る。

どうしてみんな私の気持ちを無視するのだろう。

紅花は一度後ろを振り返った。九曜の姿は店に隠れてもう見えない。それくらい彼から離れてしまった。けれど、戻る気にはなれない。

見返してやりたい。

紅花は道ゆく人に呂家の家を尋ねた。呂家は有名な金持ちのようで、すぐに住んでいる場所がわかった。紅花は流しの馬車を呼びとめて、飛び乗った。

「呂家にお願いします」

市場の賑わいを感じながら、紅花は馬車の背もたれに体重をあずけた。

九曜より先回りをしてやる。驚かせて、認めさせてやる。

気の高ぶりのまま、今はいない九曜をにらみつけた。

2

「お嬢さん、到着だよ」

紅花は御者に銭を払い、馬車をおりた。眼前に、長い塀でぐるりと囲まれた第宅があった。大きな門に、封地の角には望楼がある。

どうやって第宅に入れてもらおうか。九曜がいなければなにもできないとは思いたくない。ここは必ず、自分の力だけで中に入らなくては。

紅花は第宅をじっと眺めた。それから正面から門にむかった。戦場における敵の城門を想像した。必ず突破しなければならない。紅花は緊張と愉悦を表情に出さないようにして、つとめて平静に門衛に声をかけた。

「呂航様に対面したいのですが」

「今は外出中ですよ」

「中に入って待てませんか？」

門衛が紅花を値踏みするような視線をむけた。どことなく見下されているようで、感じが悪いが、紅花は気にしないことにして、呂航に会う目的だけを考えた。

「どんなご用事ですか？」

門衛の問いかけはもっともだろう。突然来て、呂航に会わせろと言っているのだから、不審に思われてもしかたがない。戦いに来たわけではない。話しあいで穏便に扉を開いてくれるのが最上だ。害はないとわかってほしくて、紅花は明るい声を出した。

「ある事件のことで、呂航様にお話を聞きたいのです」

「あなたは、どこの人？」

「私は医者です。許紅花と申します」

拝礼をしてみせた。礼儀を知っていて、怪しい人物ではないと身分を明かす。さらに、笑顔を浮かべてみせた。

門衛の顔は険しいままだった。

「お引きとりください」

突き放すように言われた。紅花は急いで顔をあげた。

「呂航様に話を聞かなくてはならないのです！」

「お引きとりを、と申しております！」

紅花は肩を強く押された。その際、紅花の怪我に門衛の腕が触れた。痺れるような痛みが走る。紅花はこめかみを押さえた。門衛は素知らぬふりで、さらに紅花を追い払った。

紅花は痛みをこらえて通りから門を振り返った。門衛が怖い顔をして紅花を見ている。どうしようか。門衛だけなら紅花にも倒せる。だが、それで屋敷《やしき》のなかに入れたとしても、なにが待っているかわからない。呂航に会えなければ意味がない。

紅花は場所を移りながら、塀を越えられないかと観察した。広大な敷地をとり囲む塀のどこかに、忍びこめる場所があるかもしれない。

第宅の裏手に来たところで、小ぶりの裏口があるのが見えた。だが、ここにも門衛の姿がある。

夜になったらまた来よう。闇を味方にして侵入して手がかりを得よう。周烈の房室も探ることができたのだから、ひとりでだってやれるはず。

裏口に背をむけたとき、木戸が開く音がした。

「あの……お待ちください。呂航坊ちゃんがなにかしたんですか？」

婦人が左右をたしかめながら、裏口から出てきた。

「あなたは？」

紅花が慎重に問いかけると、婦人が柔らかく微笑んだ。

紅花は自然と微笑み返した。典雅な人だ。

「私は、この家で働いている者です。坊ちゃんが、とうとう恐ろしいことを?」

婦人は眉をよせて、心配そうだ。とうとう、という言いかたが気になった。

「まだわからないのですが、事実を調べに来ました。あなたにも心当たりが?」

婦人は「やっぱり」と呟《つぶや》くと、裏口を示した。

「お入りください。私たち、呂航坊ちゃんなら、いつかやりかねないと思っていたんです。なにを考えているのかわからないかたでしたから」

呂航は、家の者に危険だと思われているのだ。

婦人に案内されて、呂家のなかに入った。

呂家は広大な封地に、池、丘、果樹園が作られており、建物の数はわからないくらいあった。あたりは塀でぐるりと囲まれている。

「誰かに何者かと聞かれたら、あなたのことは給仕見習いだと言いますね。旦那様に知られたら、追いだされてしまいますから」

「これは、あなた……あなたたちが独断でしていることですか?」

「そうです。我々奴婢が独断でやっていること。本来ならば許されません」

紅花はごくりと喉を鳴らした。

「なぜそこまで必死なのですか?」

「昔、庭師の三歳の息子が池に突き飛ばされました。当時、坊ちゃんは七歳と聞いています。池に彩りを加えたかったから、だそうです。しばらくしてまた事件を起こします。女中見習いが、死に至る寸前の量の毒を飲まされたのです。坊ちゃんは観察したかった、殺す気はなかったと言いました。旦那様の力ですべてもみ消されましたが……その女中見習いは私です。いつか、坊ちゃんは人を殺すと思っていました。それならば、食いとめるのが人の道です」

呂航が家の者に危険視されているのは理解したつもりだったが、これほどまでとは思わなかった。悪戯と言うだけではとうてい片づけられない。呂航には人の心がないのか。

「私も、尽力いたします」

紅花は拝礼をした。

婦人はゆっくりと深くうなずいた。

「さぁ、こちらです。あの、驚いても大きな声は出さないでくださいね」

婦人の前置きに紅花はうなずいた。今まで戦場で地獄を見てきた。いまさら、声をあげて驚くなんてことはないだろう。

紅花は婦人と呂航の房室に入った。そのとたん、人の執念を、一気に頭から浴びた思いがした。とっさに口を押さえた。すぐにあたりの気配を窺う。呂航の房室には、九曜の肖像画が壁と天井に大量に貼《は》ってあった。九曜を讃《たた》える詩も混ざっている。

「どうぞ、ご覧ください」

婦人が示した先に、机の上には書物がつまれて置いてあった。

紅花は書物のひとつを手にとって開いた。

「これは！」

書物には、九曜が携わった凶事が詳細に書かれていた。また、事件だけではなく、九曜についても日付入りで事細かに書かれている。まるで観察記録だ。

いくつか書物をたしかめてみると、最近の日付のところに紅花の名前があった。紅花については批判的な内容で、かなりの怒り具合だ。『あの女は九曜にふさわしからず』とか、『あの女のために九曜の目は曇った』とか書かれている。

とくに気になったのは、何頁《ページ》にもわたって、『九曜の目を覚まさなければならぬ』と記されていたことだ。

戦争で、心を病んだ人を何人も診た——紅花は書物の頁をめくりながら、書き手の心情に思いをはせた。九曜に対しての憧《あこが》れや、好きという心情が、いつの間にかこのような形になってしまったのだろう。

「あっ、これ？」

紅花は日付を見た。周睿について書かれていた。

『始まりに具合のよい遺体が見つかった。周睿が刺殺されるほどの悪人だとは聞いたことがなかったが、これなら喜んでくれる。彼にふさわしい花で飾ろう』

紅花は眉をよせた。『遺体』となった周睿を見つけたと記してある。『彼』とは九曜のことで、『花』とは寒牡丹だ。やはり、九曜の人となりを意識して花を選んでいたのだ。だが、周睿を殺したのは呂航ではなかったようだ。ならば、誰が、なんの目的で暗殺したのか。捜査の手がかりはないかと頁をめくると、細やかな筆跡で書かれた計画案を見つけた。

『大輪の牡丹をつくる花弁のごとく、毒をもって開封府を飾る。金枝玉葉は散りゆく様こそ美しい』

金枝玉葉とは、花樹の枝葉が金玉のように美しく茂るさまを言う。また、皇族やその子孫のたとえでもある。皇族を害すだけでなく、開封の都にゆき渡る河川に毒を流し、男女や童子や奴婢までを苦しめようとしている。紅花は奥歯をぎりっと噛んだ。

「どう、ですか? なにをなさっていたか、わかりますか?」

「ここに、書いてありますよ」

呂航とは、なんという非道な男なのか。書物を見ているだけで、腹の奥から痛いくらい黒い感情がこみあげてくる。

やはり、仮面の男が呂航にちがいない。始まりの『花』はもう飾られた。開封に毒を流すという企《たくら》みは、まだ実行には移されていないようだが時間の問題だろう。

紅花は急いで書物を開いて婦人に見せた。

婦人が優しい瞳で首を振った。

「私たちは字が読めないんです」

紅花は、はっとした。

「そうなんですね。ええと、呂航様は……、周家の次男である周睿様の死に、関与しています。そして、これから、とてつもない悪事をやろうとしている。……この書物を、お借りできますか？」

紅花が告げると、婦人が言葉に詰まった。視線をうろつかせてから、申し訳なさそうに紅花を見た。

「坊ちゃんが帰ってきたときに、書物がないとわかったらお怒りになられます」

「なるべく早くお返しします」

「叱られましたら、仕事を失うかもしれません」

主人の物を勝手に持ちだしたりすれば、奴婢は解雇されるかもしれない。その葛藤《かっとう》は紅花も感じとった。なんとかしてやりたいと思ったが、早く返却するほかは術がない。

「この書物があれば、呂航様を拘禁することもできるのですが……」

「確実に捕らえられますか？」

「努力します」

紅花の言葉に婦人は天井を見上げた。絶対にと言わなかった紅花に呆れたか。紅花は自分の力不足を痛感した。

唇を噛んで反応を待っていると、婦人が紅花に視線をむけた。童子を見るような、慈愛に満ちた目をしていた。

「お気持ちはわかりました。書物はお渡しします。どうか、私の事は言わないで。早く坊ちゃんを捕らえてください。よろしくお願いいたします」

「ありがとうございます！　必ず、そのようにいたします。もしも、呂航様が家に戻られたら、内密に高家か、役所の石英殿に連絡をしてください」

なにかわかり次第また報告すると約束をして、紅花は陸家にむかう道筋を聞いた。

再び広大な封地にある通路を通って、第宅の外にむかう。

書物を手にして、誇らしい心情だった。

私はやった！　やり遂げた！

ひとりで陸家にむかうか迷ったが、紅花は一度、九曜のもとに戻ると決めた。

この証拠を早く見せたい。衝動がわきあがって、紅花を突き動かした。

婦人が裏口の扉を開けたので、紅花は外に出た。そこで、ようやく少しほっとした。ぞくぞくと心地よい震えが背筋を流れていった。

「ぼくなら、ここだぞ！」

声のするほうに視線をむけると、門の左側に九曜がたたずんでいた。髑髏を片手に、涼やかな顔をして紅花を見ている。

「九曜！　ここで私を待ってたの？」

「手がかりは摑めたんだろうな？」

九曜は紅花の問いには答えず、紅花の手にある書物に視線をむけた。

「ええ。周睿様は、誰かに暗殺されていたようよ。そして、呂航は開封の都に毒を流し、民を苦しめるだけでなく、皇族に害をおよぼそうと計画を立てているようなの。もし帰宅したら、あなたの家か、石英様に連絡をくださるようにお願いしたわ」

紅花は書物を九曜に手渡した。九曜は髑髏を紅花に渡すと、ぱらぱらと迅速に眺めた。

「よくやった」

ふわりと九曜が微笑んだ。花が綻《ほころ》ぶような美しさだった。紅花は胸にこみあげるものがあった。

私は、この笑顔が見たかった。

だが、安堵はできない。

「呂航を探して、毒を防ぎ、誰が周睿様を殺したのか吐かせなければ」

「手記に計画が書いてあるという理由だけでは、役人は動かないぞ」

「なぜ！」

「犯行を起こすという、確実な証拠がないからだ。妄言だと一笑にふされる」

「なら、私たちが呂航を見つけるほかないのね」

「ここに刺殺、と書いてあるところが気になるな」

九曜が書物の頁を指さした。

「どうして？」

「誰が、周睿を殺したいと思っているか、だ。ぼくの考えでは、陸家が怪しい。周家の息子が亡くなって、誰が一番得をするかを考えると、陸家だ。息子たちの仲がよかったとはいえ、家としては敵対している。刺客を放っても不思議ではない。それも、大勢の客がいる中で、暗殺をやってのける実力のある刺客を」

九曜の言葉は正しく聞こえる。息子の仲がよくとも、家と一族の主人は息子の父親たちだ。父親たちは、お互いを邪魔だと思っている。なにをしていても不思議ではない。

今はさほど波風の立っていない状況でも、均衡が崩れると、宮廷も戦場になる。

「それじゃあ陸家によろう。陸銘様なら、呂航のことも知っているかもしれない。私たちに助力してくれるかも。それから役所に行って、石英様に報告するのはどう？」

「そうだな、陸銘のまわりでことが起きすぎている。彼は黙っているようだが、なにか知っているだろう」

九曜が険しい顔をして、髑髏を紅花から奪った。

3

陸家の門前で、門衛に「陸銘様と会いたい」と伝えると、さっそく陸銘が自ら出迎えてくれた。

喪服姿の陸銘は悲愴感にあふれていたが、紅花に優しく微笑んだ。葬儀で見たときより、背が高く感じたが、それは葬儀では絶望した陸銘が縮こまっていて、小さく感じたからだろう。

「私に用と聞いたが」

「ぼくは高九曜、こちらは許紅花だ。呂航という男をご存じだろうか？」

「ああ、呂家のご子息だ」

あっさりと陸銘が言った。

「今どこにいるか、知っていたら教えてほしい」

「いや？　どうしたのだ。行方が知れぬのか？」

そのとおりだが、どこまで話していいものか紅花は判断に迷った。

九曜はふっと微笑んで、「なんでもない」と首を振った。

「それでは、この家に周睿殿を殺した犯人はおらぬか？」

「……なんだって？」

「これを」

九曜が書物を開いて差しだした。陸銘が「どれ」と眺める。そのとたん、表情が曇り、苦しげになった。

「ここに刺殺されたと書いてある。貴殿の父親は周家の主人と敵対関係にある。開封に住んでいる者なら、誰でも知っている話だな」

「なにが言いたい」

「政治には数が要用だ。貴殿が周睿殿と考えを同じくしている現状を、憂える何者かがいたのでは？」

陸銘がじっと九曜を見た。鋭い瞳だ。

「父がやらせた、と？」

「どうだろう？　貴殿はそう思われるか？　この家も富豪だ。奴婢も多い。失いたくないと思っても不思議ではないだろうね」

陸銘が沈黙した。紅花と九曜も、陸銘の言葉が出てくるのを待った。

「……周睿を殺したのは私だ」

陸銘は悲痛な表情で額を押さえた。

「えっ？」

思わず声が出た。紅花はわけを問おうと視線をむけたが、陸銘は視線を落とした。

「私が周睿を殺した」

いったいなにを言いだすのか。殺す動機などひとつも見つからない。紅花は陸銘をまじまじと見た。

「嘘だ！　どうやって殺し、さらに簪の上部を周烈の房室に置いたのだ！　あなたにその能力はない！」

九曜が喚いた。紅花も同じ意見だ。

表情を消した陸銘が、書物を九曜に押しつけて、立ちあがった。

「自首しなければ」

陸銘はふらりと房室を出ていった。

「待ってください！」

紅花が呼びかけても、陸銘は振り返らない。

奴婢が数人出てきた。

「何事ですか？」

「私は出かける！」

陸銘が通路を走りはじめた。

奴婢たちは愕然《がくぜん》として陸銘を振り返り、紅花と九曜にわけを問うた。

「坊ちゃんは、どうなさったのですか？」

説明する時間も惜しいが、言わないと納得しないという雰囲気だ。

「無実の罪を被ろうとなさっておられます！　陸銘様を引きとめてください！」

奴婢たちはきょとんとした顔をした。だが、この後すぐに事実を理解して、慌てることだろう。しかし、それを待っている時間はない。

すでに陸銘の姿はなく、足音も聞こえなかった。

「坊ちゃん！　坊ちゃん！」

奴婢たちが陸銘を呼ぶ。

奴婢の数は、十数人になった。誰もが懸命に陸銘を追いかける。紅花は奴婢を置いて全速力で駆けて、正門を出た。陸銘が流しの馬車を捕まえて乗りこむのが見えた。

紅花もまた馬車を捕まえた。

「九曜、手を！」

馬車に乗りこみ、振り返って九曜に手をさしのべる。九曜が手をとり、馬車に飛び乗った。

「前の馬車を追ってください！」

「なんだって？」

「事件なんだ、とにかく出してくれ！」

九曜の言葉に、御者が慌てて馬車を走らせた。

4

陸銘を乗せた馬車は役所街にむかった。紅花と九曜が乗る馬車もあとを追いかけて、開封府の前で停まった。陸銘が、役所の階段を駆けあがっていく。

「待ってください！　陸銘様！」

陸銘は振り返らずに、役所のなかに入っていった。

「私、陸銘が、周睿を殺しました！　自首しにまいりました。逮捕をお願いいたします！」

朗々とした陸銘の声が、役所内に響き渡った。

九曜が舌打ちをした。

「まずいぞ、死刑は免れない！　陸銘が死んだら、真実が永遠にあきらかにされなくなる！」

紅花は口を押さえた。どうして罪がないのに、自分を犯人だと言うのか。どんな根拠があるのか。真犯人を守ろうとしているのか。なぜ、そうまでして助けようとするのか。わからない。

「おとなしくしてろ！」

抵抗していない陸銘に、官吏たちが縄と棒を持って近づいた。陸銘は粛々《しゅくしゅく》とした顔をして、床に膝をついた。陸銘は胴体を縄で拘束され、引っ立てられた。

「待って！　ちがうんです」

「うるさいぞ！　小娘は黙ってろ！」

「でも、犯人ではないのです！」

「なにを言う、こいつが自分で罪を認めているんだ！」

大勢の官吏が陸銘をとり囲み、つれていってしまった。紅花は奥歯を噛んだ。自分には地位がない。ただの女だ。これが紅花の世間から見た位置づけであり、限界だ。

「行こう紅花、ここにいてもなんの解決にもならない。いずれ陸銘が処刑され、周烈が釈放されるだけだ」

「行くってどこに？　呂航が開封の都に毒を流そうとしていることは、どうするの？」

「今は確実にわかるところから探そう。陸家に戻るんだ。陸銘は刺客を知っているにちがいない。彼は、刺客を庇っている！　それが誰かを見つけないと」

紅花と九曜は馬車に乗って、再び陸家に戻った。

太陽が中天にたどりつき、日差しが刺すように降り注いでいる。だが、紅花は晴れやかな心情ではなかった。

さわぎを聞きつけた人々が、門前に集まっていた。高札を掲げた官吏たちが追い払うが、見物人の輪は厚くなるばかりだ。

「私たち、入れるかな?」

「待ってろ」

九曜が迷わず見物人の輪から飛びだして、官吏の前で胸を張った。

「ああ、髑髏真君か」

官吏の男たちが、髑髏を持つ九曜に気づいた。

「一連の異常事件の捜査に携わっている」

九曜はそれだけを言うと、あたりまえのように表門に入っていった。紅花もあとを追う。

第内には十数名の官吏がいて、陸家の捜索をはじめていた。奴婢たちが庭に出ている。その数は五十人近くだ。官吏に指示されたのかもしれない。

奴婢たちが紅花と九曜に気づいた。

「おまえたちのせいだぞ!」

中年の男性が怨みのこもった声を出しながら、まっすぐむかってきた。

「優しい坊ちゃんが殺しなんて、するわけがない!」

「なんて言って坊ちゃんに罪を着せたの!」

若い婦人たちが目を潤ませ、怒りをにじませてにらみつけてくる。

「私たちも、陸銘様が犯人だなんて思っていません！」

「だったら、なんで！」

紅花と九曜は奴婢たちにとり囲まれた。

「その理由を知りたいのです。最近、陸家でかわったことはありませんでしたか？」

「そんなもんあるか！」

中年の男性が叫んだ。だが、奴婢たちのなかで、顔を見あわせている若い男たちがいた。

「……然然《らんらん》は、どうだ」

「なるほど。あいつがそばにいて、とりすがってくれりゃあよかったのにな」

「然然とは？」

紅花の呼びかけに、若い男たちが視線をむけてくる。

「下僕だよ。坊ちゃんに可愛がられている」

「どこにいるんですか？」

「周家の葬儀についていってから、俺たちは姿を見ていない」

紅花は眉をよせた。

「心配して探したりしてないんですか？」

そうじゃないと奴婢たちが方々から声をあげた。

「旦那様に御用を言いつかって数日ぐらい家を空けることは、よくあるからな」

「坊ちゃんを慕《した》っているから、囚われたなんて知ったら驚くだろうな」

「泣くんじゃないか？」

「然然が泣くかねぇ。いつも、けらけら笑ってさ。苦しみなんてこの世にないって顔した童子だろ」

「……童子？」

紅花は思わず呟いた。紅花を殺そうとしたのも童子だった。

「そうさ。年齢は十と少し、目がくりっとした子だよ」

「周家の葬儀に来ていたのは、主人と陸銘と童子だったな。その童子か？」

「ねぇ、九曜、私を襲ったのは訓練された童子よ。葬儀に来ていた三人……ああ、小身な子もたしかに見たはずだけれど、一瞬だったから顔はよく覚えていない。ごめんなさい！」

「君の記憶力には微塵も期待してないから安心しろ！　官吏、肖像を作れ！」

馬鹿にされているのかと言いたくなるが、心から言っているのだとわかっている。悪意はない。とにかく失態を気にするなという意味だ。それでも、紅花はどうにか思い出そうと、周家の葬儀を思い返した。

紅花は視線を陸家の家屋にむけた。陸銘と然然のあいだに、いったいなにがあったのだろう。

「なにをしている、ちゃんと並べ！　なんだって？　肖像を作れって？」

官吏がやってきて、奴婢たちを追い立てながら九曜に問いかけた。

「そうだ。然然という童子だ。捜索の手がかりになるかもしれない。奴婢たちに聞いて、手早く作ってくれ。紅花、石英がいるぞ！　話をしに行こう！」

奴婢たちを並べている官吏たちのそばに、石英の姿があった。腕を組んで、難しい顔をしている。

「石英！　犯人は別にいる！」

九曜が呼びかけると、石英が忿怒《ふんぬ》の顔で振り返った。

「事件は解決だ、九曜」

「そんなはずはない！」

「そう主張しているのはおまえたちだけだ！」

「真犯人は別にいるんだ！」

「なにを根拠に？」

「ぬくぬく育った坊ちゃんに、暗殺なんて計画ができるか！　これを見ろ」

九曜が書物を石英に見せる。

石英が頁の文字を読んで眉をよせた。

「なんだこれは……」

「呂航という男の手記だ。呂航は、周睿が刺殺された場にいあわせた。そして、今は開封の都に毒を流し、さらに皇族に害をおよぼそうと企んでいる。備えをしておくべきだと思うが、融通の利かないおまえたちは、死者が出るまで動かないだろうな！」

無能めと、九曜の瞳が雄弁に語っている。石英はそれを見ずに、頁を何度も読んでいる。

「周睿様の死体を花で飾ったのは、呂航というわけか」

「そうだ！　ここ数日のうちに、周睿と呂航が遭遇した可能性の高い場所を調べてくれ。ぼくらは呂航を探しながら、周睿を殺した刺客を追う！　早まって陸銘を処刑しないようにしろよ！」

九曜がすぐにでも走っていきそうだ。紅花は引きとめた。

「九曜、私たち、陸家のご主人と話さなくちゃいけないと思う。周家と敵対しているのはご主人でしょう？」

「……そうだな。石英、主人は今どこにいる？」

石英が腕を組んで第内をみやった。

「第内の客間にいるはずだ。案内させてもよいが、失礼のないようにな」

「もちろんだ。ぼくを誰だと思っている！」

「髑髏真君だろう。だから心配なんだ！」

石英が額を押さえてから、部下の官吏を呼んだ。

部下の官吏の案内で第内に足を踏み入れる。第内は捜査の喧騒《けんそう》も知らぬかのように静かだ。正房にある客間にむかった。

「入るぞ」

官吏が告げて客間に入る。客間には、初老の男がひとり、椅子に座っていた。卓の上には茶杯が置かれている。彼が主人だ。主人は、絹で仕立てられた紺碧《こんぺき》の衣をまとい、髪をまとめて小ぶりの冠をしていた。親指には、金の指輪をはめていた。

「なんだね、その童子らは」

主人が九曜の背後に控える官吏に問いかけた。九曜と紅花を無視している。軽んじられているとわかった。

そもそも、誰かに『童子』と呼ばれるのは久しぶりだ。紅花はもう十七歳だし、九曜も似た年齢だろう。家族は成人扱いしてくれる。でもまだ幼稚と言われる年齢なのだ。

前に出ようとした九曜を制して、紅花はきっちりと拝礼をした。

「お初にお目にかかります。私たち、陸銘様のお話をお聞きしたくて参上いたしました」

「……話すことはない」

主人が瞼を伏せた。落ちついた態度に、紅花は違和を覚えながらもさらに語りかけた。

「陸銘様は、犯人ではありえません」

「当然だ」

自信があるのか。それとも、単にそう願っているだけなのだろうか。わからないので、紅花は九曜から書物を借りて、机の上で開き、主人のほうに近づけた。

「この書物を見ていただけますか？」

「なんだ？」

「『刺殺』されたと書かれています」

主人がぴたりと動きをとめた。

「……それで？」

「然然という下僕は、今はどこにいますか？」

「なぜ、然然のことを聞くのだ」

「すべてを知っている可能性があります」

主人は肩をすくめた。

「誰かの使いに出されているのだろう。ここにはおらぬ」

主人は奴婢や下僕の行動をいちいち把握しない。わからなくても当然か。

「然然が、ほかに行きそうな場所はありませんか？」

「知らんな。身寄りもなく、親しい者がいるわけでもなかった。陸銘に懐いておった」

「だが、息子ではなく、あなたの下僕だ」

九曜が高らかに言った。

「それが？」

「あなたの命令で動いていたとしたら？」

にやりと九曜が微笑む。主人が顔をしかめた。

「私が犯人だと言いたいのかね」

「動機がある。周家とは敵対関係だったのだからな！」

「笑わせるな。私はそのようなことはせぬ。童子といえども無礼は許さん。我が第宅から出ていけ！」

紅花と九曜は官吏によって、正房の外につまみだされた。

まだ主人と話がしたい。

息子が犯人だと捕まった状態で、真犯人はあなただと言われたら怒るに決まっている。どうして怒らせるような言いかたをするのか。紅花は九曜の正気を疑った。

正房を出ると、石英が立っているのが見えた。

「まだ調査を終えてない。もう少し留まるぞ！」

九曜が喚いたが、そばにいた官吏が石英に、九曜と主人とのやりとりを報告した。

「なにをしているんだ。さわぎをおこすなと言っただろう！　捜査に助力していただいているんだぞ。不快なことをしたら追いだされるのは当然だ。外で頭を冷やせ！」

「この石頭！」

九曜と石英はにらみあった。

「いいから、ここから出ていけ！　これは持っていけ！」

石英が九曜に、小さな紙を渡した。

「ああ、そうするさ！　行こう、紅花」

九曜がくるりと石英に背をむけて、闊歩しだした。

紅花は石英に拝礼して、九曜を追った。

「なにを受けとったの？」

「肖像だ」

「見せて！」

九曜が紅花をちらりと見て、紙をよこした。紙には、天真に笑っている童子の顔が描かれていた。髪はひとつにまとめられ、意志の強そうな眉毛と、大きな瞳、通った鼻筋をしており、唇は愛らしい。

直接見たときは、その瞳を宝石のようだと思った。絵では伝えきれない輝きがあるのを紅花は知っている。

「うん。私を襲ったのは、然然という童子よ」

「ならば、その笑顔は偽物だろうな。訓練を受けたあとに命令で陸家に入りこみ、なにかを企てていた公算が高い」

偽物という言葉が悲しい。陸家で然然は皆に大事にされていたようだった。明るくて、気さくで、いい子だと評判だった。それらはすべて作り物なのだ。紅花は然然と会っている。泰然とした判断をして、紅花を殺そうとした。容赦などなかった。

紅花は、然然の本性を知っている。

「それなら、敵対する陸家が周家に放った刺客かしら？」

「ありうるな」

「これから、どこか探索する？」

「無駄だ。隠れてしまって見つからない。……生きていればな」

「然然は殺されているかもしれないの？」

「そうだ」

紅花は意外な言葉に、ついていけなかった。

「九曜は、陸家の主人が怪しいとにらんでいるのよね」

「ああ、わかったか」

「もちろんわかるわよ！　でもそれなら、父親を庇うために陸銘様は牢に入ったわけよね」

九曜がぴたりと足をとめた。

「いちおう、調べてみるか」

「どこに行くの？」

「陸銘に話を聞こう」

「役所に戻るのね」

「そうだ」

紅花と九曜は舟に乗って、役所にむかった。役所の瓦屋根が見えるところで舟をおりた。

昼時とあって、役所のまわりには食べ物を売る商店が並んでいた。紅花は急いで饅頭《まんじゅう》を二つ買った。熱くて、湯気が立っている。おいしそうだ。

「はい、九曜。どうぞ」

饅頭をひとつ差しだすと、九曜がつんと顔を背けた。

「いらない」

「そんなわけないでしょう。食べないと死ぬわよ」

「死なないさ。その前に事件を解決してみせる」

「……わからずや！」

もういい、と紅花は饅頭にかぶりついた。中の肉餡《あん》が旨かった。汁が口のなかに広がる。たまらない匂いが鼻孔をくすぐった。紅花は歩きながら、あっという間に二個食べた。

本当に、いらなかったのかしら。

食べてしまってから、九曜のことがやっぱり気になった。ちらりと見ると、九曜は腹をすかせた仔犬を見るような、優しい瞳をして紅花を見ていた。

そんな顔をして、私を見ていたの！

紅花はちょっと頬が熱くなった。

あなた、そんな顔をしているって、気づいているの？

紅花は唇を開きかけたが、なにも言わずに閉じることにした。気づいていないなら、それでいい。

知らないなら、それでいい。私が知っていればいい。

5

役所に入ると、官吏たちが慌ただしく動き回っていた。

「お！　おまえたち、ちょうどいいところに来た。身元不明の遺体が川からあがったんだ。かなり奇妙でな。検屍を頼む」

「私たち、今は別の捜査にあたっていて……」

陸銘に対面させてほしいと告げようとしたが、先んじて官吏が言葉をかぶせた。

「それはもう終わったと聞いたぞ？　周烈は犯人じゃなかった。陸銘が真犯人だった。陸銘の尋問が終わったら、周烈は釈放されるだろう」

「いいえ、まだ陸銘様が犯人だと決まってはいません。それに、開封の都に毒を流すという予告が……」

「いい、わかった。ぼくらが検屍に行こう！」

「九曜！　楽しみばかりを取るんだから！」

官吏が深くうなずいてから、顎を撫でた。

「陸銘は尋問中だ。対面したいなら検屍をしてこい。それに、どんな遺体か気になるだろう。『奇妙な遺体』だ！　真犯人が、またなにかしでかしたのかもしれない！」

「あっ！　それじゃあ、急がないと！」

紅花と九曜は馬車で現場まで移動した。九曜が急げと手をさしのべてくる。紅花は九曜の手をとった。力強く握られる。

九曜がぐんぐんと駆けていく。紅花も隣を全力で走った。

この人と、どこまでも一緒に走っていきたい。

遺体は川縁の莚の上に横たえられていた。全裸で、髪が濡れている。肌に張りのある男性の遺体だ。紅花は遺体をちらりと見て、口元を押さえた。

顔が潰されている。何度もなにかを叩きつけられた跡だ。これでは誰だかわからない。酷いことをする。よほど残虐な人がやったにちがいない。

「やぁ、お二人さん。ぼくもいるんだよぉ。無視しないで!」

ゆらゆらと頭を揺らして、満面の笑みを浮かべた白雲《はくうん》が近づいてきた。麻の青い布衣に、綿入れを羽織っている。

「ここでなにをしている」

九曜が表情を消して問いかけた。

「お仕事さ。今日は本業のね」

「葬儀屋か」

「君たちは検屍だろぉ? 終わったらぼくたちがしかるべき場所に運ぶ。さぁ、腕前を披露してくれたまえ」

芝居がかった物言いで、白雲が遺体を指さした。

九曜と紅花は視線をあわせてうなずいた。白雲を無視して、莚のそばに座る。

紅花は遺体の脈を取った。本来ならば、呼吸がとまっているかもたしかめ、瞼を開いて瞳孔に光が照り返すか調べてから、口内の匂いを嗅ぐ。

だが、今回は顔が徹底的に破壊されているので断念した。

「君は戦地で幾多の遺体を見てきたが、水死体には詳しくないだろう?」

役に立てないと指摘された気がして紅花はひるんだが、指摘は受け入れるしかないとうなずいた。

「そうなのよ。あなたは?」

「開封は水の街だからな。水中死体には何度もお目にかかってきた。人は溺れたり、殺されたりして捨てられると、腐敗していくが、男や女、子供、痩せているか太っているかでもその速度は変わる。さらに、季節によっても状態が変わる。夏よりも冬のほうが腐りにくい。さらに、地上と水中で、速度は異なる。水中は地上の、およそ倍の時間。とはいえ、皮膚は剝がれやすくなり、臓器が軟らかくなって、泥のようになってゆき、水中では一年ほどで白骨化する」

ふふと九曜が微笑んだ。九曜がいつも持ち歩いている髑髏は、もしかしたら水死体だったのかもしれない。けれど、聞くのはためらわれた。髑髏は、九曜にとってとても大切な存在だ。紅花のほうは、髑髏について聞ける関係ではない。

紅花は頭を振った。それから、九曜にむかって微笑みをむけた。

「あなたって本当に聡明ね」

九曜がくすぐったそうに目を細めた。褒められるのが好きな人だ。けれど、紅花のほかに九曜を素晴らしい人だと認める者は少ない。褒め言葉に九曜は飢えている。紅花は惜しまず、九曜のことを賞賛したい。喜んでくれるのならなおのことだ。

紅花と九曜は、水死体をたしかめていった。頭、顔、首と胸、腕を手で触れて調べる。右の小指の骨が折れていた。

「呂航……呂航なの？」

「どうした、紅花」

「私も、呂航の小指を折った。もしや、この遺体は、呂航！」

背格好も髪色も、見れば見るほど呂航を思わせた。間違いなどない、と紅花は確信を持った。

「あらら、失敗したねぇ！」

紅花が振り返ると、白雲が遺体を見おろして笑っていた。

「なにか知ってるのか？」

「呂航はね、君が大好きだったんだよぉ。ぼくとの仲を知って、君の歓心を得るにはどうしたらいいかと尋ねてきたんだ」

紅花は言葉を失った。白雲という男は、呂航がなにをしたのか知っている。それをずっと、黙っていたのだ。

なんて葬儀屋なの。会うたびに嫌いになる。

「なにか教えたのか?」

「あは、君が、謎めいた遺体が好きなのはわかりきってる話だろう!」

「それで……花で装飾された遺体を作ったのか」

「楽しめただろぉ? 自分が遺体になってまで、君の歓心を得ようとしたんだ。喜んでくれなくちゃ、呂航も浮かばれないねぇ」

「ぼくのための遺体か。つくづく下劣だな、白雲!」

白雲がきょとんとして、小首を傾げた。

「どうして怒るの?」

「わからないのか?」

「わからないねぇ」

にこにこ笑っているその裏で、なにを考えているのかわからない男だ。紅花は白雲をにらみつけた。

「もういい、おまえと話していると脳髄《のうずい》が溶ける。消えろ」

白雲はまだなにか言いたそうだった。だが、九曜ににらまれると、「おお怖い」と肩をすくめて去っていった。

「なんて人なの!」

ぶん殴ってやりたい。紅花は拳を握った。

「気にするな。いつか必ず痛い目にあわせてやる」

「そうね。それじゃあ毒は呂航が死んだことで、回避できたのかしら?」

「……どうかな」

九曜が思案顔になり、顎に手をあてた。九曜の反応が気になったが、紅花は腕を組んで、陸家のある方角を見た。

「とにかく、今のままでは、陸銘様が無実の罪で処刑されてしまう。私たちは然然を探さなきゃ。でも、どこにいるんだろう」

綺麗な瞳をした童子だった。だが、童子とはいえ訓練されている。逃げかたも身についているはずだ。そう容易には見つけられない。

「そうだな。まずは、周家の墓にむかおう」

墓と聞いて、嫌な予感がした。

「思うところがあるのね?」

「ああ。だが、もしぼくが思うところにいるとすれば、かなり危うい」

「どういう意味?」

「とにかく雇員を伴って行くぞ」

九曜に続き、紅花は開封府に戻った。まだ陸銘の取り調べは続いていた。雇員数名を伴って、馬車に乗った。馬車は城外へと飛び出て、小高い丘を目指した。田園に建つ家や、小さな村のそばをぬける。道はゆるやかに傾斜している。秋の花々が咲き誇り、緑とあいまって美しい景色が広がっていた。

周家の墓は丘を削った洞穴にあった。

紅花と九曜、雇員たちが馬車をおりて、墓に近づく。

松や柏《かしわ》が植えてあり、石碑が建ててある。洞穴には扉があったが、今は閉じられている。手前に祭壇が作られており、花や果実が供えてあった。

九曜が墓を背にして、風景を見おろした。風が、九曜の衣の裾を大きくはためかせた。ゆるやかな癖のある黒髪が舞う。絵になる人だ。

九曜が指をさした。

「あそこと、ここと、そこ。陸家の墓が見える酒楼、潜めるような家屋を徹底してあたってくれ」

九曜の指示で、然然の肖像を見た雇員たちが解散した。

「もちろん、ぼくらも捜索するぞ」

紅花は再び九曜と馬車に乗った。馬車は丘を駆け下りて、近郊の村へとむかった。

「墓が見える場所……って、どうしてそう思うの？」

「想像してみたらどうだ。然然は陸銘を慕っていたんだ。その陸銘は誰を慕っていた？政敵の家まで弔問に訪れたのだから、今度はどこに『会いに』ゆく？」

「周睿様ね。墓に眠る周睿様を訪問に来るはず。然然は、そんな陸銘様を遠くから見つめようとするとか？」

「ぼくには理解できないが」

ふんと鼻を鳴らす九曜を見て、紅花は悲しくなった。九曜は人の情の話を、理解できないと投げ捨ててしまう。

「それじゃあ、遠くからってどうして？……陸家から追いだされたの？」

「それは、本人から聞こう」

村には、土と煉瓦《れんが》で造られた家が集まっていた。酒楼は村の中心地にあったが、寂《さび》れていた。二階建てで、周囲を石壁がとり囲んでいる。

門から中に入ると酒楼の店頭に卓と椅子が置かれていた。そこでは酒を飲みながら麻雀《マージャン》に興じる老人たちがいた。

九曜が酒楼のなかに入ろうとすると、老人たちが顔をあげた。

「ちょいとお待ち、見かけない顔だね」

「人を探している。この地域で、こういう顔をした童子を見なかったか？」

九曜が肖像を見せると、老人たちがへらっと笑みを作った。

「知らんなぁ」

「この子をどうして探しとるんじゃ？」

「ある事件にかかわっている可能性が高いんだ」

「でも、まだ童子じゃないか」

老人たちはそろって歯を見せて笑っている。

「……知ってるな？」

「いいや、知らん」

九曜の追及に老人たちが手を振った。

「ぼくを見ろ。どこにいる？」

「知らん知らん、知らんと言ったろ！」

「右上を見たな。まばたきも増えた。なるほど。ここにいるんだな」

「待つんじゃ！　あの子はいい子だったんだ。そっとしておいてやってくれ！」

紅花と九曜は顔を見あわせた。ここにちがいない。老人たちを無視して酒楼のなかに入った。

楼主が驚いた顔をして出てきた。

「二階の客に用がある。この童子がある事件にかかわっている。房室を見せてもらう！」

九曜が懐からすばやく銭嚢を出した。

「ああ、ええ、はい。……それでしたら」

笑顔を浮かべた楼主を追い立てて、一気に酒楼の二階へと駆けあがった。

「こちらです」

楼主が戸を開ける。中には臥床《がしょう》がひとつあり、誰かが寝ていた。

紅花は九曜を制して、自分が先に臥床へとむかった。

童子が横たわり、うずくまっていた。そっと目を開けて紅花を見上げる。その額には脂汗が浮かんでいた。ずいぶん苦しそうだ。どうしたのだろう。

「あなた、然然よね？　私を覚えてる？」

「……どうして、ここがわかった？」

「ぼくに追われて、逃げきれるわけがないだろう」

九曜の明言に、然然が失笑した。

「あんたが髑髏真君か。呂航の運命を狂わせた人だね。そして、お姉さん、あのときは殺そうとして悪かったよ」

「顔色が悪い。どうしたの？」

「さすが医者だね」

「話して」

然然が額を押さえて、なにか考えるようなそぶりを見せたあと、口を開いた。

「陸家の家令に刺された。ただ、それだけ。がらにもないことをしたからだな。しょせんこんな行いをしているのに、失敗したよ」

「なにを言ったの？」

「呂航が死ぬ前に言った。『私が死んでも毒はとまらない』と。だから、毒を使おうとしている計画を、陸家の当主に話した。陸銘様が飲んでしまったら大変だ」

「呂航は死んだが、毒は今も開封の都に流れる手はずなのか。紅花の背中にじわりと汗がにじんだ。

「……でも、陸家の当主はそのようなこと知っている素振りを見せなかったわ」

「そうだよ。陸家には関係ないと言われた。しばらく自宅の井戸を使えばいいと。毒の話を知っていると世間に知られたら、どこでその話を聞いたか怪しまれる。あえて言う必要はない。むしろ、我らが派閥の者だけに内密に知らせてやろう。権力とは数だからと笑っていた。……周家の次男を殺す必要はなかったな、とまで！」

「なんて下劣な！　人の命をなんだと思ってるの！」

紅花は叫び、息を吐いてから、然然の脈をとろうとつとめて優しく手首を摑んだ。その手に、然然が手を重ねた。冷えた手だった。

「ぼくはこのまま死ぬけど、それでいいんだ。すべてぼくがやったんだよ。ぼくは幼い頃から刺客として教育され、陸家の家令に購《あがな》われた。簪の上部は周烈に罪を着せるために、第宅の房室に忍びこんで仕込んだんだ」

「だが、罪を被ったのは陸銘だぞ」

九曜の言葉に、然然が目を見開いた。

「なんだって？」

「自首したんだ。無実の罪だとは、もちろんぼくにはわかっている。だが、自首を絶好の機会として処刑してしまおうとしている官吏も大勢いる」

そうだ。九曜の言うとおりだ。腐った官吏は大勢いて、今のままだと陸銘は処刑される。

「どうして、そのようなまねを！」

然然が唇を噛んだ。本心からの疑問だとわかった。それでは、陸銘が報《むく》われない。

「わからないの？」

紅花が問うと、然然が目に力をこめて見上げてきた。

「なにがだよ、お姉さん？」

然然が短気を起こしているとわかったが、紅花はひるまなかった。必ず、陸銘の気持ちを伝えなくてはならない。

「あなたのためじゃないの？　あなたを守るために、陸銘様は行動なさった」

「そんなこと！　あっていいことじゃない……」

「でも、そうしたんだと思うよ」

それくらい、想われていた。

然然が首を振った。

「あのかたは、優しい人なんだ。ぼくなんかのために死んでいい人じゃない。絶対に、お守りすると誓ったんだ」

「陸銘様を、強く慕っていたのね」

紅花は目を細めて、微笑んだ。

「あのかたがいたから、ぼくは今日まで生き延びてこられた。主人の道具としてあらゆる訓練を叩きこまれて、陸家に売られた。人の情なんて、すっかり信じてなかった。あのかたが、ぼくの心を溶かしてくれたんだ」

「売られた?」

「そう。それまで育ての親だと思っていたけど、ちがってた。買ったのは陸家の家令だよ」

然然の苦しみを、すべて理解することはできない。紅花は家族に恵まれていた。勉学も鍛錬も自分で選んだ。戦場に同行するのも、紅花が望んだことだ。そんな紅花が、然然にかけられる言葉など、ない。なにかを告げたところで、然然の心にも響きはしないだろう。

それでも、過酷な人生のなかで、然然は陸銘に救われたと言う。

私も、然然と陸銘様の助けになりたい。偽善なのかもしれないが、それでなにが悪いのか。私は、人を、救いたい。

「あなたも生きなければ。死んだりしたら、陸銘様が悲しむ。九曜、手伝って！」

「なにをすればいい？」

九曜が髑髏を臥床の脇《わき》に置いた。

「手当てよ！　まずは傷口を確認しないと！」

紅花は然然の帯を解き、九曜とともに衣を脱がせた。

「わ、あ……くっ！」

然然が顔をしかめて体を丸めようとする。紅花は九曜に然然の足を押さえさせた。

傷口があらわになる。血濡れていた。紅花は自らの袖をひきちぎり、然然の傷を拭った。二寸弱の刺し傷だ。

紅花は腰に吊《つ》り下《さ》げていた小革嚢を手にとった。小革嚢から絹糸と針、紫根《しこん》を出した。一発で針に絹糸を通すと、然然の傷口を縫った。大の男でも痛みに悲鳴をあげたりするが、然然はうめき声すら漏らさずにこらえた。

縫合を終えた傷口に、紫根をたっぷり塗布する。

「よくたえたわね」

「陸銘様を解き放たねばならないから」

「あなたは陸銘様のことばかりね」

「陸銘様が大好きなんだ。彼のために生きて、死にたい」

然然は笑顔だった。

紅花は胸が締めつけられた。なんて悲観的なことを、嬉しそうに言うのだろう。

「周家の弟君殺しは、陸家の家令に命じられたの？」

「そうだよ。家令には、陸家の嫡嗣が、周家と懇意にするのはよくないと言われた」

「それだけ？」

「それだけだよ。でも、殺してこいと言われたのと同じだ。ずっとそう教えられてきたからね」

「そう……主人の意をくめということね」

然然が大人びた笑みを浮かべた。

「うん。それで、名家の子息たちが、高名な画家の茶会に招かれる機会があった。ぼくはそこで、椅子に腰かけている周家の弟君の背後に立ち、そっと殺した。まるでうたた寝しているようにみせかけてね。それで陸銘様と会をあとにした。いつか発見されると思っていたけれど、まさか呂航が死体を持って帰って弄んで捨てたとは思わなかった。やつも茶会に招かれて、ぼくが仕事をしていたところを見ていたって」

「紅花、長くは留まれないぞ。家令は追手を放っているはずだ。ぼくたちはすぐに安全な場所に移動しなければならない」

「安全な場所なんて、この世にあるの？」

然然が九曜に視線をむける。その口調は、どこか諦《あきら》めを帯びていた。

「開封府だ」

「助けになんかなりっこないよ。金でどうとでもなるやつらだ！」

「ぼくと紅花がついている。無能だが、まともな官吏もいるんだ。それに、おまえこそが一番の証拠品だからな。つれていく」

九曜が決めたのなら、活路は開封府にある。

紅花と九曜は目配せして、然然の衣をなおした。九曜が紅花に髑髏をあずけて、然然を抱きかかえる。紅花は髑髏を手に、房室の扉を開けた。

「わぁ！」

扉の外には楼主がいた。聞き耳を立てていたようだ。

「然然からたんまり金をもらっているはずだな。他言は無用だ」

九曜の言葉に、楼主が何度もうなずいた。

「その、どちらに行かれるんですか？」

「聞いてどうする」

肩をすくめた楼主を背後に、紅花たちは楼を降りた。

「おお、童子はどうなったかね？」

麻雀をしていた老人たちが、わらわらと集まってきた。

「私は医者です。傷の治療はしました。あとは、本人の体力にまかせるところになります」

死なせたくはない。紅花が告げると、老人たちが懐から小銭を出した。

「あんたはお医者さんか。足りないとは思うが、どうかこの子を助けてやってくれ」

「そんな、大事なお金ですよね」

「これはこの子の金じゃ。わしらに酒代を恵んでくれた」

「おい、紅花。誰か来るぞ」

酒楼にむかって、騎馬の官吏が二人やってくる。

紅花はほっとした。官吏は同志だ。

九曜が酒楼を振り返って舌打ちをした。楼の二階から、楼主が赤い布を振っている。

「あの人、なにをしてるの？」

「あの楼主はな、愚劣な官吏にぼくたちを売ったんだ」

「……だから、金でどうとでもなる連中って言った」

然然が九曜の背中で呟いた。人の裏切りに慣れているのか、平然とした顔をしている。

頼ってもよい相手がいるのだと、伝えたい。私は期待を裏切ったりしない。

「そっか。私はあなたほど強くはないけれど……必ず守るから」

紅花は髑髏を老人たちの卓にそっと置いた。

まもなく、官吏の騎馬が近づいてきた。

「おい、その童子は然然だな。こちらに引き渡してもらおう」

「官吏様、それは誰の命令ですか？」

紅花は毅然《きぜん》と問いかけた。

「小娘には関係がない話だ」

「然然は、私たちが責任をもって開封府まで届けます。医者がついていないと死んでしまう」

「いいから、いうことを聞け！」

「ならば、誰の命令かをお教えください」

「逆らうな！」

「不当な命令には従えません！」

「ふん、そうか」

騎馬の官吏たちは、見ていて不快な笑みを浮かべながらうなずきあった。

「それっ！　後悔するなよ！」

騎馬の官吏たちは馬の腹を足で打って、突進させる。

人を守るためならば、危険も覚悟の上だ。

馬蹄《ばてい》の響きが周囲を震わせ、まわりから悲鳴が上がった。九曜が一歩、後ろにさがる。

紅花は身動きもしなかった。騎馬の恐ろしさは西夏戦で嫌と言うほど味わっている。戦いかたもだ。うかつに逃げれば蹄《ひづめ》の餌食《えじき》になる。

真正面から突っこんできた馬の息がかかる直前、紅花は宙を舞った。

ひらりと馬の首に飛びつき、体を回転させる。両足で官吏を絡めとり、勢いのまま地面に引きずり落とした。空になった鞍《くら》の上に手をつき、さらにくるりと体を回した。裳裾が花開き、騎乗する隣の男も蹴り落とす。

「どうどうっ！」

手綱をすばやく取り、力をこめて引っ張る。棹立《さおだ》った馬は荒々しく嘶いて停止した。

「誰の命令か答えなければもっと痛い目にあうぞ！」

馬に乗ったまま鋭く詰問する。官吏たちは顔を見あわせた。

「め、命令なんか、ない」

「右上を見たね。それにまばたきも増えた。虚偽の証だ」

九曜が先刻やってみせたとおりに観察すると、官吏たちが声を失った。

「どんな命令か言って。それよりも、もっと傷つけられたい？」

「いや、待て！」

「黙っていると約束するか？」

官吏二人に、紅花はうなずいた。

「私は誰にも言わない。でも、証拠がそろったら、あきらかにする」

「そのときは、俺たちを見逃してくれるか？」

「然然を連れさろうとして、失敗したのね。知ってることをすべて話すなら見逃す」

「楊律様だ……」

「彼が、どうして？」

開封府の官吏に赴任したばかりの男だ。川に浮かんでいた死体を発見した紅花と九曜を疑って、殺害の容疑者にした。九曜はいかさまが得意な人だと指摘していた。

その楊律が出てくるわけだから、誰かに金で雇われたに違いない。

紅花は説明を求めて九曜をちらりと見た。

「紅花、今は誰もが陸銘を救いたがっている。ここで、然然の証言があれば、陸銘は釈放だ。だが、然然に証言させられない者もいる。ようするに、然然を殺さなければならない者が、この計画を立てた」

然然は、陸家で刺されたと言っていた。然然を殺したいと考えているのは――。

「……陸家の家令だ」

6

開封府に来るなり、九曜は叫んだ。

「黒幕である陸家の家令に罪がある！　石英！　石英はどこだ！」

「ここにいる。黒幕とはなんの話だ」

石英が役所の奥から出てきた。憮然《ぶぜん》としている。

「すべての背後にいた人物さ。然然に周睿を殺すよう命じたうえで、然然を抹殺しようと刺した」

「おまえが探していた童子か……流血しているぞ」

「治療はしたが、危うい。だが、生きている『証拠』だ」

「家令にやられたのか」

「そうだと告白している」

石英は数瞬沈黙してから、視線を役所の奥にむけた。

「話を詳しく聞こう。こちらの房室に」

「わかった。紅花、外にいて警戒していてくれ」

「う、ん……わかった」

一緒に話が聞きたいと思ったが、房室にいては侵入者に襲われたときにすぐ動けない。紅花は髑髏を抱えたまま房室の前でたたずんだ。通路は見通しがよく、ときおり官吏が通っていった。

しばらくして、房室の扉が開いた。

「待たせたな。陸銘殿は釈放。陸家の家令を逮捕する」

「然然は、どうなりますか？」

「罪がないとは言えない」

「そう、ですか……」

「いいんだよ、お姉さん」

「囚われる前に、陸銘殿に対面したいと言うのでな。釈放に同行させる」

紅花と九曜と然然は、石英に連れられて牢獄にむかった。

牢には喪服姿の陸銘がいた。

「出ろ。釈放だ」

石英の命令に、陸銘がとまどった。目を見開き、口を大きく開ける。なにを言われたのかわからないというような顔をして、石英を見つめた。

「どうして……？」

「然然がすべてを語った」

「然然が？」
「ああ、そうだ。然然……どこだ？」
然然の姿がなかった。代わりに、壁に血文字と、赤い点々が記してあった。
《却話巴山夜雨時》
石英が額を押さえた。
「李商隠《りしょういん》か」
紅花にはわからなかった。
「今降っている雨の話を共にしよう？」
壁の文字をそのまま読むと、九曜が顔をしかめた。
君問帰期未有期（君帰期を問うも未だ期有らず）
巴山夜雨漲秋池（巴山《はざん》の夜雨秋池に漲《みなぎ》る）
何当共剪西窓燭（何《いつ》か当《まさ》に共に西窓の燭《しょく》を翦《き》り）
却話巴山夜雨時（却《かえ》って巴山夜雨の時を話すべき）
いつ戻るのかと君は聞く。けれど、いつ帰れるかは、わからない。いつか、窓辺により
そいながら、今、降っている雨の話を共にしよう。

九曜が詩文を朗々と諳《そら》んじた。

「それって、離れているけれどいつか早く会って、離れていた日々を語りあいたい、という意味？」

「そのようなものだ。だが、刺客がよくこの漢詩を知っていたな」

「私が……、私が、然然に教えたのです。物覚えのよい子で、学ぶことが好きだった。私たちは二人で……いつだって……」

陸銘が目尻を袖で拭った。

「ああ、くそ！　傷を負っているのに官吏の手から逃げられると思っているのか！」

石英がすぐに官吏に然然を捜すように命じた。

きっと、見つからない。

紅花は壁の血文字をじっくり見てから、牢の外に視線をむけた。

然然の冷静な刺客の一面しか知らなかったが、陸銘を慕う姿や、陸銘が可愛がっていたことは事実で、それは嘘ではなかった。人には色々な面があるのだ。それが集まって、その人を形作っている。

またいつか、然然と会える気がした。今度は誰にも支配されない生きかたをしてほしい。大好きな陸銘に、いつか再会できますように。今日のことを、共に話せますように。

「もう、この男も出していいだろう？」

九曜が周烈の牢獄にむかっていき、石英を呼んだ。

「そうだな。無関係だったわけだな」

「殺意は本物だっただろうが、手を下す勇気はなかった」

紅花は九曜と周烈とともに、開封府の外に出た。

「これで事件のひとつは解決だな」

「あとは毒ね！　早くつきとめて防がなくては皇族に害がおよび、市井の人々が苦しむことになる。九曜、なにか解決の糸口は摑めそう？」

「……いくつか推測はしているが、確信がない」

「それでもいいわ。教えて」

九曜がちらりと紅花を見つめた。

「あの男が、どうしても除きたかったのは、誰だ？」

紅花は呂航の部屋を思い浮かべた。九曜への思いが詰まった部屋のなかに、手記が置かれていた。そこには、凄《すさ》まじい悪意がこめられていた。

「……それは、私？」

「そうだな。それで、君を誘拐して、殺そうとしたんだ」

「でも、私は逃げた。呂航は、捕まえた然然に、地下水路の房室で殺されたんだと思う」

「ああ、だが、どうしても君を殺したいと思っていたら、どうする？　呂航は、自分が死んでも毒が発動するように企んでいた男だ」

「確実に、私を殺せるように、なんらかの方法を考えていた?」

九曜がはっとした顔をして、走りだした。

「九曜! どこに行くのっ?」

「君の家だ!」

7

紅花の実家である許家は、診察を望む傷痍人で今日もあふれていた。九曜は家の裏口にまわり、木戸を開けてするりと中に入った。後に続く紅花は、九曜の行動を見て、まるでここが自宅のような気安さだなと苦笑した。

裏庭には木々が生い茂っていたが、葉は秋色に染まっている。風が吹くと葉が舞い散るが、地面は数刻前に掃き清められたとみえて、それほどつもってはいなかった。

「誰にも見つかるんじゃないぞ」

「どうして隠れる必要があるの?」

「それは君がよくわかってるはずだ」

「……おじい様に見つかったら、たしかに困るけれど」

「井戸いかりのある納屋はどこだ？」

「突然ね。井戸をさらうつもり？　こっちよ」

井戸いかりとは、鉤爪のような先端が四つ叉《また》についている金属製の道具だ。いかりというだけあって、舟を停めるときに使う物と似ているが、大きさは人の頭蓋骨ほどで小ぶりだ。長い縄が結ばれていて、おもに井戸の底をさらうことに使われる。野菜や、小道具、意図せず落ちた物をひろえるのだ。

今度は紅花が先導して、裏庭から続く納屋に、息をひそめて近づいた。人の気配はない。木製の戸に鍵はない。慎重に戸を開けるが、思いがけず大きな音が出て、紅花は眉をひそめた。普段なら気にしない音が、やけに大きく響く。緊張しているのか。誰かに見咎《みとが》められて、祖父に報せがいき、また怒声を浴びせられることを恐れているのか。

紅花はふっと微笑んで、薄暗い納屋のなかに入った。井戸いかりはすぐに見つかった。季節の農耕具のあいだ、左奥の床の上にひっそりと置いてあった。常に使う道具ではないから、取りだしにくいところにある。

「急ぐぞ」

九曜が道具のあいだをぬけて、井戸いかりを手にとった。紅花にうなずく。紅花は、髑髏を受けとった。次に行くべき場所はわかっていた。

許家の井戸だ。おもに飲料水を汲《く》んでいる。納屋を出て、井戸に急ぐ。小さな畑のそばに、石造りの丸井戸がある。

「ねぇ、髑髏を置くわよ」

九曜が大切にしている物だから、紅花は敬意を払う。九曜がなにも言わないので、井戸のそばに髑髏を置いた。顔を前にむけて、九曜と紅花をその眼窩が見られる角度にした。それがよいと思った。

紅花は釣瓶《つるべ》に手を伸ばした。水を汲みあげる際に利用する、桶《おけ》に取りつけた綱を引く。滑車が音をたてる。雫《しずく》が飛び、顔を濡らした。手に冷たさが広がる。

綱と桶をよけると、九曜が井戸いかりを水面に垂らした。一気に落とすかと思ったが、九曜はゆっくりと時間をかけた。急いでいるのではないのかと、紅花は焦った。だが、九曜の横顔は真剣そのものだった。なにか考えがあるのだ。

「底だ」

きらりと九曜の瞳が光った。

「なにか落ちてるのね?」

井戸のなかに水以外のなにがあるのかなど紅花には想像がつかないが、九曜はわかっている。

「黙っていろ。集中したい。そうでなければ……」

そうでなければ、きっと恐ろしいことが起きるんだわ。紅花は唇を結び、九曜の手元を見つめた。くるりと円を描くように、腕が動いた。まるで、釣り糸を垂らして魚を探っているようだった。

「あった。……ぼくの推理が正しければ、呂航の仕掛けだ」

九曜が綱を引きはじめたので、紅花も手を出した。けれど、視線で窘《たしな》められた。触るなということだろう。協力できないのは残念だったし、少し不満でもあった。けれど、今はすねている場合ではない。

まもなく、井戸いかりが水面から顔を出した。紅花は目を見開いた。特徴のない小壺《こつぼ》だ。ただ、蓋がしっかりと閉じられている。どうして井戸の底に沈められていたのか。

呂航の仕掛けにしては、小壺だけなのが不思議だった。

「まずい、溶けだしている！」

声をひそめながら、九曜が声を荒らげた。小壺を見ると、いかりが触れたところが、大きくえぐれていた。粘土のままで、窯で焼き固められていないのか。

九曜が小壺の傷を繊細な指で撫でた。赤茶色の粘土が彼の指を汚した。薄《うっす》らと土が取りさられ、中身が少し見えた。

「中身は、なに？」

紙だ。水気がじわっと中の紙に広がっていく。

九曜が袖で軽く壺の水を拭ってから、大きく舌打ちをした。

「納屋で桶を探す。小壺を入れたら金水河《きんすいが》にむかうぞ。なにをやっている紅花！　井戸いかりはそのまま置いていけ、ぼくの友人を忘れるなよ！」

8

紅花は九曜と馬車に飛び乗った。九曜が御者に、「宮城に最も近い金水河のたもとまで」と告げた。皇族に害をおよぼそうとするなら、それは金水河を狙うだろう。金水河が、最も深く宮城に入りこんでいる。宮苑《きゅうえん》の巨大な池に蓄《たくわ》えられて、もっぱら宮城の用水として使われている。

紅花は呂航の考えに思いをはせる。自分がもしも死んだとしたら、家族を制止するまでもなく、喪に服すために宮中にはあがらない。宮中で水を使うことがないので、家族は無事だ。

愛《いと》しい九曜もまた、もともと宮中にあがらないので問題がない。紅花とその一家だけは必ず殺そうと決めていただろうから、金水河ではなく、井戸に小壺を仕掛けた。紅花の家は医院を営んでいるし、人が入りこんでも不自然ではない。

「紅花、小刀を持っているな？　それを使って小壺の蓋を開けろ」

「わかった」

揺れる馬車のなかで、紅花は懐の小革嚢から小刀を取りだした。それから小壺を受けとり、蓋との接合部分に刃を添えて、くるりと切り開いた。蓋が外れる。

紙の包みがあらわれた。紅花は慎重に取りだして、開けた。包みのなかには粉末が入っていた。緑の葉を乾燥させて、粉砕したとみえる。

「これは薬……いえ、これが、毒」

粘土製の壺は、時間の経過とともに、湧《わ》き水《みず》の勢いによって溶けていく。そうすると、いずれ中身が出て、粉末が溶け、流れだす。

だが、なんの毒だろう。紅花が粉末をまじまじと見たとき、九曜の手が伸びた。小指にすっと粉をつけると、口に運び、赤い舌でぺろりと舐めた。

「九曜！　なにしてるの！」

「これは……冶葛《やかつ》だ」

「冶葛ですって？　たしか……花弁と根が黄色の植物ね。薬にも使うけれど、かなり強い毒だから、扱いには細心の注意が必要なはず」

話を聞いた覚えはあるが、味わった経験はない。やはり、九曜は常人ではないのだと、紅花は心配する気持ちとともに、畏敬《いけい》の念を新たにした。

「ぼくの推理では、小壺より大きな粘土壺を金水河に沈めてある。流水に削られて、いずれ中身が溶けだす」

「いずれって、……いつ？」

「今日だな」

「えっ？　どうして、今日とわかるの？」

「今日は十月一日、冬の入りの日だぞ！」

九曜が叫んだ。

冬の入りの日は、宮中において文武の官は冬木や錦《にしき》の上着を賜り、役所は冬の燃料（石炭）を賜るという行事がおこなわれる。また、民間では暖炉《だんろ》びらきを祝って、あちこちで酒宴が開かれる。人々が華やぐ日だ。

呂航が九曜に特別な仕掛けを用意するとすれば、この冬の入りがふさわしい。

まもなく、馬車は宮城に流れこむ、金水河のたもとに到着した。

「見つかるかしら？」

「やるしかない」

紅花と九曜は顔を見あわせて、うなずいた。御者に金を渡して、待っているように頼み、金水河の川岸に走った。

「いけるか？」

「ええ、もちろん！」

紅花は九曜を待たずに川に飛びこむ。水しぶきをあげた。冷たさに肌が粟立つが頭まで潜る。然然にやられたこめかみの傷が、ひりりとした。

どこ？　必ず見つける！

川の流れはゆるやかだが、衣服が手足に絡まり、身動きがとりにくい。

まもなく九曜が飛びこんできた。束ねた黒髪が流水に舞う。紅花はふっと唇の端を持ちあげると、川底を歩くようにして、息を吸っては潜ってを繰り返した。

ふと、水底に、うずくまった童子ほどの壺があると気づいた。紅花は振り返り、九曜に合図を送るが、九曜は気づかない。

「は、あ、九曜！　九曜！　あった、たぶん、これ！」

いつの間にか、川岸には人が集まり、紅花と九曜のことを、奇妙なものでも見るような、それでいておもしろそうな顔で見ていた。

「九曜！　気づいて！」

九曜が水面に顔を出した、紅花はさらに呼びかける。九曜が紅花を見た。それから、紅花のほうに泳いでくる。紅花は息を大きく吸って、潜り、壺のありかを指さした。

紅花と九曜は壺に近づいた。紅花が触ると、手にざらついた滑りが広がった。粘土がゆるんでいる。急いで持ちあげようと九曜と視線をあわせる。

だが、重たくて動かない。あまり動かすと、壊れる可能性がある。今日、壺が壊れるのであれば、壺の厚みはもう残りわずかだ。

九曜が上を指さした。紅花は川底を蹴って、「ぷはぁ」と顔を出す。

「出るぞ」

「いいのっ？」

九曜が川岸のほうにむかって泳いでいく。紅花は壺のほうを振り返り、きゅっと唇を結んでから九曜を追った。

「石英を呼ぶぞ。雇員を集めて、壺を回収させる！」

「間にあう？」

九曜が、つんと唇を尖らせてから、ふっと笑った。

9

「じゃあ、私は家に帰る。やっぱり家族が心配していると思うから」

「そうか。……ぼくにも準備があるしな」

準備とはなにか疑問だが、楽しみにしておくとして、紅花は舟に乗った。

まだ乾ききっていない髪が、風を浴びて少し寒い。開封府の石英は、紅花に新しい衣を用意してくれた。九曜とちがって、年頃の小娘が飛びこみのようなまねをするなんてと呟かれたが、叱られはしなかった。それどころか、九曜には内緒でと、「ありがとうな」と言葉をくれた。

認められたことが、素直に嬉しい。

毒壺はすべて川底から回収された。もし毒が流れだしていたら、宮中の生活用水は汚され、開封の都に流れ出て魚はぼこぼこと浮きあがり、人々は恐怖におののき、場合によっては死者が多数出ただろう。

「それで、どこにむかうんだい？」

船頭が、紅花をまじまじと見ていた。

「許希の医院に」

「あんた、なにか怪我か病でもしてるのかね？」

「いえ、そこは私の家で、私も医師をしております」

紅花が拝礼をすると、船頭はくしゃっと笑い顔になった。

「あんた女医か！　聖医の許希先生のとこの！」

「はい。そうなんです」

紅花は誇りをもってうなずいた。

「そりゃいい。それだけの能力があれば、いずれ、嫁ぎ先でも夫や子を助けられる」

「……そうですね」

紅花は苦笑した。女は男の下《もと》でないと生きられないと、世間は思っている。

間違った考えかただ。紅花はそう信じている。

医院に戻ると、傷痍人が大量に診察を待っていた。紅花の格好を見て驚いた顔をするが、誰もが温和に出迎えてくれる。

「帰ってきたの？」

医院に顔を出すと、鞠花がいた。どことなく憂い顔だ。

「帰ってきちゃいけなかった？」

迷惑だっただろうかと外に視線をむけると、鞠花が慌てた態度で首を振った。

「そんなことない！　ただ、おじい様がお怒りなのよ……」

「そう」

紅花は驚かなかった。予感がしていた。鞠花に連れられて、居室にむかった。

「どこに行っていた！」

祖父が椅子に座っていた。紅花を見るなり、杖を持ちあげて振り回した。

「こっちへこい！」

このまま進めば、杖で打たれる。紅花は祖父の杖の動きを見た。軽く摑める。だが、そうはせず、言われるままに前に進んだ。

木の棒が、紅花の肩を叩いた。胴を、手を、足を、めちゃくちゃに叩かれた。痛い。けれど、音《ね》をあげるのは嫌だ。骨が折れないように、さりげなく受け身を取る。

「やめてください！」

父と母が居室に飛びこんできて、祖父にとりすがった。

「お父様、私の娘を苦しませるのは、やめてください！」

「おじい様、私の妹になにをするのですか！」

鞠花も泣きながら紅花を庇った。

嬉しいけれど、いけない。自分が痛いだけならいいのだ。しかし、父母と姉の献身に、紅花の目が潤んだ。

結婚式を台無しにした。かかわってくれた善意の人たちを悲しませた。家族にも迷惑をかけた。だから、すべての痛みを受けようとした。けれど、父母と姉に危害がおよぶ。こんな暴力が、私たちのためになるはずがない。祖父はなにもわかっていない。

「なぜ、言うことを聞かぬ！」

「私は、自分の将来は自分で決めたいと思っています」

きっぱりと言った。微塵も臆《おく》してはいなかった。

「なんだと？」

祖父が目を吊りあげる。問いかけておきながら、反論など微塵も想定していなかったという態度だ。

愚かな。

紅花は前に一歩進み出た。

「女の身に生まれたからって、慣習に従うだけの人生なんて嫌です。結婚したら家庭に閉じこもって生きることになる。それも私は嫌です」

「嫌だ嫌だと、家の庇護《ひご》なく自由に生きていけると思うのか！」

「わかりませんが、やってみます」

「紅花！　おまえはなんという娘だ！　そんなに奔放に生きたいのなら、許家を出ていけ！」

「わかりました」

相容《あい》れないのなら、共にはいられない。当然だ。

紅花は居室を出た。後から駆けてくる足音が聞こえる。

「紅花、考えなおさないか？」

父の言葉に首を振る。

「おじい様には帰っていただくわ」

母の言葉に、首を振る。

「私たちは、なにがあってもあなたの味方よ」

鞠花が紅花の手をとって、瞳を見あわせた。なぜそのような言葉をかけてくれるのか。

これまで失望されていたはずだ。優しくされるのは、嬉しい。けれど、急にどうして。

真意を求めて、鞠花を見つめ返した。

「私たち、戦場であなたが怪我をしたと聞いたとき、慌てたわ。誘拐されたと知ったとき、とまどった。そして、結婚式の日に攫われたとき、あなたはもう、二度と戻ってこないかと考えてしまった。私たちは三度、あなたを失うかもしれなかった。永遠に会えなくなるなんて絶対に嫌よ。生きていてくれるだけで、それで充分なのよ」

紅花は目頭が熱くなったが、首を振って、鞠花の手を放した。鞠花と父母の慈愛の瞳を見たからこそ、これ以上の迷惑はかけられない。

「私は行きます」

身ひとつで、家の門を出る。

どこに行こうか。戦場に戻ろうか。そこでなら、医術も武術も役立つ。女の身でもひとりで生きてゆける。

城門にむかって歩みを進めた。

旅人に、商人、山羊《やぎ》や牛や馬、駱駝の群れが城門に吸いこまれてゆく。その流れを見ていたら、なぜだか襟を引っ張られる思いがして、紅花は開封の都を眺めた。

ここでの暮らしは、楽しかった。

脳裏に、開封に住まう大切な二人の顔が浮かんだ。

劉天佑――優しい人。女医である紅花を認めてくれる。けれど、天佑様の家に行けば、結婚する流れになってしまうかもしれない。それは嫌だ。

私は家庭に拘束されたくない。結婚したら、家から出られなくなる。それでは、実家にいた頃と同じだ。今はもっと人の役に立ちたい。それに、自由でいたい。

天佑はちがうと思いたいが、男の人に頼らなければなにもできないと、世間に思われるのはたえがたい。

高九曜──九曜のそばなら、自由でいられる。人々からは髑髏真君と呼ばれ、奇異の目をむけられ、距離をおかれている。だが、男女の別も、身分も、なにもかも、九曜は気にしない。ありのままの紅花でいいと言ってくれる。やりたいことをとめたりしないけれど、危険もある。一緒にいれば巻きこまれる。

それじゃあ、私の道は決まった。

紅花は舟に乗り、九曜の家を目指した。

九曜は笑顔で紅花を出迎えた。

「ここで暮らせばいい」

紅花がなにを語るよりも早く、九曜が先に言った。

ありがたかった。開封の都市に詳しい九曜に、住める家を紹介してもらってひとり暮らしをしようかと思っていた。もし断られたら、やっぱり戦場に戻ろうか、とも。でも、まさか同居しないかと誘われるとは。

私にも、居場所がある。

胸にこみあげるものがあって、少し泣けた。九曜に気づかれないようにそっと袖で涙を拭った。

「こっちにこい。亭子は君とぼくのものだ」

「ありがとう、九曜」

感謝の気持ちで、自然と笑みが浮かんだ。偏屈で傲慢だけど、誰よりも素直で純粋で、心優しいところがある。なにもかもを見抜いてしまう聡明さは、時として九曜をこの世で生きにくくさせているのだろうけれど、それでも芯《しん》をしっかりと持っている人だ。こんな綺麗な友達を持てて、幸せだ。九曜に連れられて、亭子にむかった。

亭子のなかは物が散乱していた。地図や書物、筆、硯《すずり》、といった器具がそこら中に置いてある。さっそく整理しようとすると、九曜に制された。

「膏薬《こうやく》を用意させる」

「……気づいてた？」

「君なら、祖父をひねり潰せるだろうに。甘んじて殴られてやるなんて、ぼくには理解できないな」

「私がそうしたかったから、いいのよ」

「それで、主治医のほうが治療を必要としているとは」

九曜に笑われた。紅花もまた心から笑った。

祖父は紅花より弱い。その気になれば簡単に殺せる。だけど、あのときは、痛みを受けとめてみせたかった。傷つくのを恐れないのだと証明したかった。

今は、九曜が癒《いや》そうとしてくれるのが、嬉しい。助けなどいらないと思いつつも、それでもやっぱり優しくされると心が高ぶる。ありがたくて、また目が潤んだ。

10

翌日、紅花は九曜と亭子で事件の整理をしていた。

「遣いが来ております。明珠娘娘とご友人様に御用だとか」

奴婢があらわれて、聞き覚えのある話をした。いまさら『ご友人様』などとは怪しさ極まりないが、それはそうとして受け入れ、そのまま通してくれている。

「着替えてくる！　紅花は先に行っててくれ」

「わかった。急いでね」

紅花は奴婢と正房にむかった。

「ご友人様をお連れしました。失礼いたします」

奴婢が扉のむこうに声をかけた。

正房には、ひとりの男が座っていた。男が紅花に気づいて、立ちあがる。

「周烈殿は釈放されたようですね。道士がお待ちです。報告をお願いにまいりました」

雲暁が拝礼をした。今日も髪を一まとめにして、官服を着ている。涼しげな印象もかわらない。

「明珠娘娘は、まもなく来ます。お待ちを」

「はい。急ぎませんので」

二人で、それぞれ椅子に座った。なにか話すべきだろうか。紅花は雲暁の横顔を眺めた。品のよい、穏やかな顔をしている。

文官とは親しくない。好む話題もわからない。

「怪我を、なさったのですか？」

「え？　あ、はい。少し」

髪に隠れているはずなのに、よく気がつく男だ。

男は顔をしかめていた。女が顔に傷を作るなど、と言いたいのかもしれない。だが、それ以上はなにも口にしなかった。

沈黙が落ちる。

「お待たせしました」

女装した九曜が、髑髏を抱いてあらわれた。紅花は、ほっとした。

「髑髏は、いけません。そう言いましたよね」

雲暁が窘めると、九曜がつんと唇を尖らせた。

「私を友人と引き離すおつもりですか？」

「そんな気はありませんよ。ご友人なら、生きておられるかたが、隣にいるではありませんか。髑髏はあずからせていただきます。帰りにお渡ししますから」

雲暁が九曜に迫った。九曜は憎悪を目に宿して雲暁に髑髏を手渡した。

馬車はそのまま、道教の寺院にむかった。馬車をおりると道士の服を着た少女があらわれて、前回と同じ房室に案内された。

「周烈殿は釈放されました」

雲暁が拝礼した。紅花と九曜も雲暁にならう。

「そうか。よかった。我が友も喜ぶであろう」

道士は笑っている。役に立ててよかった。

「そうでしょうか？」

九曜の言葉に、道士の表情が固まった。

「なに？」

なにを言いだすのだ。紅花は九曜の横顔をまじまじと見た。

「周烈は、今頃、繁華街にいます。そこに住まう妓女と会っています」

「なんだって?」

「公主のご友人の身分では、妓院に立ち入ることはできないでしょう」

目を見開き、衝撃を受けた表情をした。

「妓女とは深い仲ではないと聞いておるぞ！」

「私に言われましても」

九曜は、あっさりしていた。

紅花は桂香の姿を思い返した。利用されていると気づいていたのに、助けていた。周烈のどこが魅力だったかは紅花にはわからないが、桂香は愛してしまっていた。

周烈に応じる気はないのかと思っていたが、ちがったのか。牢獄のなかで、死が刻々と迫りくるときに、心から必要としている者は誰かを悟ったのかもしれない。

「……待て、なぜ私を公主と呼んだ」

九曜がつんとすまし顔になった。どことなく頬が紅潮しており、自信を感じさせる。

「雲暁様は政府高官とお見受けします。その彼を自由に動かせる者となると、皇族か限られた名家の婦人となります。我が君の唯一の妹君に、趙志沖《ちょうしちゅう》公主がいらっしゃいます。幼少期に脆弱《ぜいじゃく》であったため、出家して道士となられたかたです。今でも我が君とは親交が深いと聞き及んでおります。年の頃も、ちょうど合致いたします」

紅花は九曜の推察に驚いた。隣の雲暁も息を呑んでいた。

「……なるほど」

志沖が深い息をついて、額を押さえ、苦笑した。

「病弱な私をいつも励ましてくれた人でね、私は彼女が大好きなんだ。彼女が望むなら、どんな相手でも結婚を応援するつもりだったが……、考えなおさせる」

「それがよいかと思います」

紅花は志沖に拝礼した。

「周烈を釈放させた明珠娘娘とその友人に感謝する。またなにかあったら頼みたい」

「もちろんです、公主様」

紅花と九曜は声をそろえて、志沖に応えた。

11

高家の前で馬車が停まった。雲暁が先に出て、九曜に手をさしのべる。九曜が雲暁の手をとった。紅花もまた、冷たいが形のよい手に手を置いて、外におりた。

「私はお二人を侮っていたようです。公主の依頼に完璧に応えられた。敬服いたします」

雲暁が微笑んだ。笑顔ははじめてだ。こんなにまぶしそうな顔をして笑うのか。

「弟も、こんな心情だったのでしょうね。紅花小姐」

「わかりませんか？　顔だけは似ていると言われるのですが」

紅花は、まじまじと雲暁を見て、はっとした。

「まさか……雲嵐？」

「覚えていてくださったなら、あいつも喜びます」

「忘れるはずがありません！　私の最愛の兄弟子ですから。あの人に認められて、私は戦士となりました」

祖父はわかってくれなかったが、雲嵐はちがった。初めは紅花を弱いと詰《なじ》り、遠ざけようとしたが、最後は紅花と背中合わせで戦うまでになった。思い出に、胸が高揚する。

「それでも、なぜ私が紅花だとおわかりになったのですか？」

「肖像を盗み見たのよ」

九曜が忌々《いまいま》しそうに告げた。

「え？」

「秘密にしておいてください。あいつがあまりにも大事にしまいこんでいるので、つい黙って見てしまいました」

「どうして、私の人相書きを持っておられたのかしら？」

「わかりませんか？」

「え？」

「はい」

紅花の答えに、雲暁がわずかに目を見開いて笑みを浮かべた。

「ふふ、これはなかなか手強《てごわ》そうだ。よければ理由を考えてやってください。それではお二人とも、ありがとうございました。こちらお返しします」

雲暁が優しい顔をして髑髏を渡してから、拝礼した。

九曜がふんと鼻を鳴らし、髑髏をぎゅっと抱きしめてから、紅花をちらっと見た。

「よいか！　友人は、絶対に渡さぬ！」

ああ、まだまだ髑髏には勝てそうにない——紅花は、九曜の歓心を引きたがっている自分に気づいて、熱くなった頬を扇いだ。

■主要参考文献

賈静涛『中国古代法医学史』（滝川巌訳、警官教育出版社、一九九一年）
孟元老『東京夢華録―宋代の都市と生活（東洋文庫）』（入矢義高・梅原郁訳注、平凡社、一九九六年）
汉服北京編著『千古霓裳：汉服穿着之美』（化学工业出版社、二〇二一年）
漫友文化編著『青青子佩：古代服饰诗词集』（新世纪出版社、二〇一八年）
愛宕元『中国の城郭都市―殷周から明清まで』（中公新書、一九九一年）
池田典昭、木下博之（編）『標準法医学』第8版（医学書院、二〇二二年）
伊原弘『中国中世都市紀行―宋代の都市と都市生活』（中公新書、一九八八年）
伊原弘『中国開封の生活と歳時―描かれた宋代の都市生活』（山川出版社、一九九一年）
川合康三選訳『李商隠詩選』（岩波文庫、二〇〇八年）
的場梁次、近藤稔和（編）『死体検案ハンドブック』改訂2版（金芳堂、二〇〇九年）
陳舜臣『唐詩新選』（新潮社文庫、一九九二年）
中村喬編訳『中国の食譜（東洋文庫）』（平凡社、一九九五年）
藪内清編『宋元時代の科学技術史』（京都大学人文科学研究所、一九六七年）
楼慶西『中国の建築装飾』（李暉・鈴木智大訳、科学出版社東京、二〇二一年）

協力：H・K（友人）

本書は書き下ろしです。

〈著者紹介〉

小島 環（こじま・たまき）

1985年生まれ。愛知県立大学外国語学部中国学科卒業。2014年、「三皇の琴 天地を鳴動さす」で第9回小説現代長編新人賞を受賞。同作を改題した『小旋風《つむじかぜ》の夢絃《むげん》』（講談社）でデビュー。著書に『囚われの盤』（講談社）、『泣き娘』（集英社）などがある。最新作は『災祥』（潮出版社）。

唐国《からくに》の検屍《けんし》乙女《おとめ》

水都《すいと》の紅《あか》き花嫁《はなよめ》

2023年9月15日　第1刷発行　　定価はカバーに表示してあります

著者……………………小島《こじま》 環《たまき》

発行者……………………髙橋明男

発行所……………………株式会社 講談社

〒112-8001 東京都文京区音羽2-12-21

編集 03-5395-3510

販売 03-5395-5817

業務 03-5395-3615

KODANSHA

本文データ制作…………講談社デジタル製作

印刷……………………株式会社ＫＰＳプロダクツ

製本……………………株式会社国宝社

カバー印刷………………株式会社新藤慶昌堂

装丁フォーマット………ムシカゴグラフィクス

本文フォーマット………next door design

ISBN978-4-06-532476-9　N.D.C.913　278p　15cm

講談社
タイガ

綾里けいし

人喰い鬼の花嫁

イラスト
久賀フーナ

義理の母と姉に虐げられて育った莉子《りこ》。京都陣で最大の祭りが始まる日、姉に縁談が来る。嫁入りした女を喰い殺す、と恐れられる酒呑童子《しゅてんどうじ》からだった。莉子は身代わりを命じられ、死を覚悟して屋敷に向かうが、「俺が欲しかったのは、端《はな》からおまえだ」と抱きしめられ——？　いつか喰われてしまうのか。それとも本当の愛なのか。この世で一番美しい異類婚姻譚、開幕。

講談社
タイガ

友麻 碧

水無月家の許嫁

十六歳の誕生日、本家の当主が迎えに来ました。

イラスト
花邑まい

水無月《みなづき》六花《りっか》は、最愛の父が死に際に残したひと言に生きる理由を見失う。だが十六歳の誕生日、本家当主と名乗る青年が現れると、〝許嫁《いいなずけ》〟の六花を迎えに来たと告げた。「僕はこんな、血の因縁《いんねん》でがんじがらめの婚姻であっても、恋はできると思っています」。彼の言葉に、六花はかすかな希望を見出す——。天女の末裔《まつえい》・水無月家。特殊な一族の宿命を背負い、二人は本当の恋を始める。

講談社タイガ

友麻 碧

水無月《みなづき》家《け》の許嫁《いいなずけ》2
輝《かぐ》夜《や》姫《ひめ》の恋煩《こいわずら》い

イラスト
花邑まい

水無月六花《みなづきりっか》が本家で暮らすようになって二ヵ月。初夏の風が吹く嵐山での穏やかな日々に心を癒《い》やしていく中で、六花は孤独から救い出してくれた許嫁《いいなずけ》の文也《ふみや》への恋心を募らせていた。だがある晩、文也の心は違うようだと気づいてしまい——。いずれ結婚する二人の、ままならない恋心。花嫁修行に幼馴染みの来訪、互いの両親の知られざる過去も明かされる中で、六花の身に危機が迫る。

講談社タイガ

君と時計シリーズ

綾崎 隼

君と時計と嘘の塔

第一幕

イラスト
pomodorosa

大好きな女の子が死んでしまった——という悪夢を見た朝から、すべては始まった。高校の教室に入った綜士《そうし》は、ある違和感を覚える。唯一の親友がこの世界から消え、その事実に誰ひとり気付いていなかったのだ。綜士の異変を察知したのは『時計部』なる部活を作り時空の歪みを追いかける先輩・草薙千歳《くさなぎちとせ》と、破天荒な同級生・鈴鹿雛美《すずかひなみ》。新時代の青春タイムリープ・ミステリ、開幕！

講談社タイガ

君と時計シリーズ

綾崎 隼

君と時計と塔の雨

第二幕

イラスト

pomodorosa

愛する人を救えなければ、強制的に過去に戻され、その度に親友や家族が一人ずつ消えていく。自らがタイムリーパーであることを自覚した綜士《そうし》は、失敗が許されない過酷なルールの下、『時計部』の先輩・草薙千歳《くさなぎちとせ》と、不思議な同級生・鈴鹿雛美《すずかひなみ》と共に、理不尽なこの現象を止めるため奔走を始める。三人が辿り着いた哀しい結末とは⁉　新時代のタイムリープ・ミステリ、待望の第二幕！

君と時計シリーズ

綾崎 隼

君と時計と雨の雛

第三幕

イラスト
pomodorosa

大切な人の死を知る度に、時計の針は何度でも過去へと巻き戻る。「親友や家族が世界から消失する」というあまりにも大きな代償とともに。幼馴染の織原芹愛《おりはらせりあ》の死を回避したい杵城綜士《きじょうそうし》と、想い人を救いたい鈴鹿雛美《すずかひなみ》だったが、願いも虚しく残酷な時間遡行《そこう》は繰り返される。雛美が頑《かたく》なにつき通していた「嘘」、そしてもう一人のタイムリーパーの存在がループを断ち切る鍵となるのか!?

講談社
タイガ

君と時計シリーズ

綾崎 隼

君と時計と雛の嘘

第四幕

イラスト
pomodorosa

織原芹愛《おりはらせりあ》の死を回避できなければ、杵城綜士《きじょうそうし》は過去へと飛ばされる。その度に「親友や家族が世界から消失する」という大き過ぎる代償をともなって——。無慈悲に繰り返される時間遡行《そこう》を断ち切るために、綜士と芹愛は『希望と言い切るには残酷に過ぎる、一つの選択肢』の前で苦悩する。鈴鹿雛美《すずかひなみ》がつき続けた嘘と、隠された過去とは……。衝撃のラストが待ち受ける待望の完結篇!